Max Held

Wild Claws

Im Visier der Haie

Max Held

Max Held wurde in Nairobi geboren. Schon immer interessierte er sich für Tiere, und so verbrachte er endlose Stunden mit der Beobachtung von Gorillas, Krokodilen und Jaguaren. Als Erwachsener arbeitete er in Nationalparks rund um die Welt, bevor er sich schließlich in Deutschland niederließ und damit begann, seine Abenteuer in Form von Kinderbüchern niederzuschreiben. Treue Begleiterin seit vielen Jahren ist seine Vogelspinne Elfriede.

Timo Grubing

Timo Grubing, 1981 in Bochum geboren, ist nach seinem Designstudium in Münster in seine Geburtsstadt zurückgekehrt. Dort lebt und arbeitet er als freier Illustrator für Kinder- und Jugendbücher, Schulbücher oder auch für Familienspiele und Rollenspiele. Seine Begeisterung für schuppige Tiere geht so weit, dass er liebend gern einen Drachen als Haustier hätte, und wäre der Traum, Illustrator zu werden, nicht in Erfüllung gegangen, so würde er als Tierpfleger im Jurassic Park arbeiten.

Max Held

WILD CLAWS

Im Visier der Haie

Mit Illustrationen von Timo Grubing

Arena

In der Reihe *Wild Claws* von Max Held
sind bisher erschienen:
Wild Claws. Im Auge der Python (Band 1)
Wild Claws. Der Biss des Alligators (Band 2)
Wild Claws. Im Visier der Haie (Band 3)

FSC
www.fsc.org
MIX
Papier aus verantwortungsvollen Quellen
FSC® C110508

1. Auflage 2020

Rottendorfer Straße 16, 97074 Würzburg

Cover- und Innenillustrationen: Timo Grubing
Umschlaggestaltung: Juliane Lindemann
Gesamtherstellung: Westermann Druck Zwickau GmbH
ISBN 978-3-401-60536-4

Besuche uns unter:
www.arena-verlag.de
www.twitter.com/arenaverlag
www.facebook.com/arenaverlagfans

Albert Lee schreckte auf. War da was gewesen? Eine Berührung? Ein Geräusch? Oder waren das bloß Nachwehen des Traums, den er gerade gehabt hatte und der ihm das Blut in den Adern gefrieren ließ?

Er hatte Kamohoalii gesehen, wieder einmal. Aber diesmal hatte er nicht am Ufer gestanden und gelassen seine Schöpfung betrachtet – er hatte vor Zorn gebebt. Mit erhobenen Armen und glühenden Augen hatte Kamohoalii gerufen: *Honoho ka honua!*

Mr Lee kannte die Bedeutung dieses hawaiianischen Ausrufs, schließlich hatte er ihn oft genug gehört, als er noch auf Maui lebte. *Die Erde schreit.* Warum? Weil der Mensch sie mit seinem Müll und seiner Unachtsamkeit zerstört. *Honoho ka honua!* Mr Lee hatte sich nie besonders darum gekümmert, womit er selber zur Zerstörung der Erde beitrug. Das hatte sich erst geändert, nachdem ihm Kamohoalii erschienen war. Eines Nachts.

Sieh dich vor!, hatte ihn der Gott gewarnt. *Der Tag wird kommen, an dem das Meer so dreckig ist, dass die Fische sterben. Dann sende ich meine Rache, den großen Hai, der euch verschlingen wird. Und mein glühendes Auge wird seine Ankunft ankündigen.*

Immer wieder hatte Mr Lee nach dem glühenden Auge

Ausschau gehalten, nachts, wenn ihn die Angst aus dem Schlaf riss. Dann setzte er sich auf den Lehnstuhl, draußen auf der Plattform seines Leuchtturms, und starrte in die Finsternis. Aber Kamohoaliis Auge hatte er nie gesehen.

Jetzt hatte der Gott ihn erneut geweckt. Mit einer so intensiven Vision, dass es Mr Lee kalt den Rücken runterlief. Er stand auf und ging hinaus. Kühle Meeresluft empfing ihn. Das Licht des Mondes wurde von einer Wolkendecke verschluckt. Ein Geräusch näherte sich, es hörte sich an wie der Motor eines Bootes. Dann flammte über dem Meer plötzlich ein Licht auf, rot und pulsierend wie das Herz eines Tiers. Es schaukelte hin und her, begleitet von einem hellen Surren, das Mr Lee an hämisches Gelächter erinnerte. Dann verharrte das Licht unvermittelt, schoss wie auf Kommando erst senkrecht nach oben und stürzte dann herab, gefolgt von einem klatschenden Geräusch, als es auf die Wasseroberfläche traf. Damit verschwanden Licht und Lachen. Und es wurde wieder still.

Kamohoalii hatte seinen Boten geschickt, da war sich Mr Lee sicher. Der große Hai war vom Himmel gekommen und ins Meer gestürzt, wo er nun lauerte, um die Menschheit zu bestrafen.

»Nicht bewegen«, sagte Logan und hob mahnend die Hand. »Und keinen Mucks!«

Die kleine Gruppe Männer, Frauen und Kinder hinter ihm im Boot starrte gebannt zu dem abgeknickten Baumstamm, der etwa fünfzig Meter weit entfernt von einer Kieferninsel ins Wasser ragte. Auf ihm balancierte ein Luchs und spitzte die Ohren. Ein Schatten im Wasser näherte sich ihm.

»Ein Alligator?«, fragte ein Mann in Hawaiihemd und Bermudashorts. Logan nickte. »Und zwar ein großer.«

»Der arme Luchs«, murmelte der Mann.

Das Reptil kam dem Baumstamm immer näher. Die Leute auf dem Boot hielten den Atem an. Der Alligator wurde schneller – der Luchs stand stocksteif da. Plötzlich durchbrach ein Schrei die Stille: »Hey-a-hey!«

Reflexartig sprang der Luchs auf die Kieferninsel und flüchtete ins Dickicht der Bäume. Der Schatten im Wasser verharrte einen Augenblick und verschwand dann im trüben Nass.

Logans Miene verfinsterte sich. Wütend drehte er sich zu dem Mann im Hawaiihemd um und funkelte ihn böse an. »Ich sagte doch: keinen Mucks!«

»Sorry«, erwiderte der Mann. »Aber ich konnte einfach

nicht tatenlos zusehen, wie die fiese Echse den armen Luchs killt.«

Aus der Gruppe kam zustimmendes Gemurmel.

»Der Alligator ist nicht fies«, stellte Logan klar. »Und der Luchs ist auch kein armes Opfer. Beide verhalten sich so, wie es Tiere nun mal tun: Sie fressen und werden gefressen. Das ist der Lauf der Natur.«

»Aber wenn ich die Gelegenheit habe einzugreifen und damit das Leben eines Tieres retten kann, mache ich das auch«, verteidigte sich der Mann.

»Wir befinden uns in einem Schutzgebiet«, erwiderte Logan. »Der Everglades Nationalpark wurde eingerichtet, damit sich Tiere und Pflanzen ohne Eingriffe durch den Menschen entwickeln können. Wir sind hier Gäste.« Er seufzte. »Ich verstehe ja, dass Sie das Leben des Luchses retten möchten. Aber indem Sie das tun, gefährden Sie das Leben des Alligators. Der geht jetzt nämlich leer aus. Und wenn er nichts anderes zu fressen findet, ist er derjenige, der stirbt.«

Einige Gäste nickten.

»Wenn wir den Tieren einen Gefallen tun wollen«, fuhr Logan fort, »mischen wir uns so wenig wie möglich ein. Die Natur kommt auch ohne den Menschen zurecht. Meistens sogar besser.« Er rückte sein Käppi zurecht. »Okay, fahren wir zur Station zurück.« Damit startete er den Motor und der große Propeller am Heck des Boots begann zu rotieren. Logan lenkte den Bug Richtung Norden und gab Gas.

Als die *Scorpion* den Anleger der Wildtierstation *Wild Claws* erreichte, warteten bereits Jack und Charlotte auf Logan und die achtköpfige Touristengruppe.

»Hier gibt's Souvenirs!«, rief Jack wie ein Marktschreier und zeigte zum kleinen Tisch neben sich, auf dem Käppis, Tücher und Andenken zum Verkauf auslagen, allesamt mit dem Schriftzug *Ringo's Flamingo Tours* und dem Logo eines auf einem Bein stehenden Flamingos versehen.

»Und hier können Sie Fotos mit unserem Maskottchen Sam machen!«, rief Charlotte und kraulte den Waschbären auf ihrer Schulter hinterm Ohr. »Heute zum Schnäppchenpreis von nur fünf Dollar pro Bild!«

Einige Besucher kauften Mützen, andere machten Fotos mit Sam. Als die Gruppe schließlich wieder im Shuttlebus nach Homestead saß, winkten ihnen die drei Freunde noch nach.

»Schnäppchenpreis?«, fragte Logan. »Seit wann haben wir einen Schnäppchenpreis?«

»Seit ich das beschlossen habe«, strahlte Charlotte, als wäre es das Selbstverständlichste der Welt.

»Ja, aber die Fotos kosten doch immer fünf Dollar.«

»Das wissen unsere Gäste aber nicht.«

»Ist das nicht Betrug?«, fragte Logan skeptisch.

»Nein, das nennt sich Marketing«, sagte Basil, einer der beiden fest angestellten Wildhüter auf *Wild Claws,* und kam breit grinsend auf sie zugeschlendert. »Und ihr seid die geschäftstüchtigsten jungen Leute, die mir je begegnet sind.« Vor dem Verkaufstisch blieb er stehen und stemmte die Hände in die Seite. »Wildlife-Touren, Andenken, Waschbär-Fotos – das habt ihr echt klasse aufgezogen.« Die drei Freunde grinsten.

Die Idee mit den Wildlife-Touren war Jack, Logan und Charlotte vor ein paar Wochen gekommen, nachdem sie den Fall mit den Diamantenschmugglern aufgeklärt hatten – der ziemlich gefährlich gewesen war.

»Keine Heldentaten mehr!«, hatte Logans Mutter Sarah, die Leiterin der Wildtierstation, danach zur Bedingung gemacht. Seitdem beschäftigte sich das Trio mit dem Aufbau von *Ringo's Flamingo Tours,* um Besuchern des Nationalparks die Notwendigkeit des Naturschutzes vor Augen zu führen.

Und der Erfolg gab ihnen recht: Schon über einhundert Gäste hatten auf Jacks Propellerboot *Scorpion* die Everglades erkundet und dabei die Tiere und Pflanzen des Nationalparks kennengelernt. Die Einnahmen wollten die drei Freunde eigentlich komplett dem Erhalt der Station zukommen lassen. Aber Sarah hatte darauf bestanden, dass sie zumindest einen Teil als Taschengeldaufbesserung selbst behielten. Schließlich sollte *RFT* nicht nur Spaß machen, sondern sich auch lohnen.

»Nur komisch, dass die Leute immer meinen, sie müssten sich in die Natur einmischen«, wunderte sich Logan und dachte an den Touristen mit dem Hawaiihemd.

»Sie wissen es eben nicht besser«, sagte Basil. »Aber dafür gibt es jetzt ja euch. Apropos: Macht ihr morgen auch eine Tour?«

Jack schüttelte den Kopf. »Nein. Eigentlich hatte sich eine Reisegruppe aus New York angemeldet, aber die haben kurzfristig abgesagt.«

»Das trifft sich gut«, sagte Basil. »Ich fahre nämlich morgen nach Miami und habe dort einige Dinge zu erledigen. Vielleicht habt ihr Lust, mitzukommen und einen Strandtag am Meer zu verbringen?«

»Na klar«, freute sich Jack und sah zu Charlotte. »Warst du schon mal im Atlantik baden?«

Das Mädchen mit den schwarzen Haaren schüttelte den Kopf. »Nein, noch nicht.«

»Dann sind wir dabei«, sagte Jack.

»Eine gute Gelegenheit, meine neue GPS-Armbanduhr zu testen«, sagte Logan, der die Uhr zum Geburtstag von seiner Mum bekommen hatte. »Die ist wasserdicht bis hundert Meter!«

»So tief kommst du mit deiner Schnorchelmaske aber nicht«, lachte Basil. »Also dann: Morgen um acht Uhr geht es los.«

Die Everglades liegen in den Tropen und es ist fast das ganze Jahr über sehr warm und sehr feucht. In der Regenzeit, die von April bis November dauert, gibt sich das Wetter besonders launisch, und es kann passieren, dass morgens die Sonne vom strahlend blauen Himmel scheint, mittags ein Unwetter über den Süden Floridas hinwegzieht und abends wieder alles so friedlich wirkt, als wäre man im Garten Eden. Die einzige Konstante in diesem Wechselbad der Elemente sind die Mückenschwärme, die sich in dem schwülen Klima pudelwohl fühlen und hemmungslos über ihre Opfer herfallen, um sie auszusaugen. Kein Wunder, dass der Osten Floridas in alten Zeiten *Moskito County* genannt wurde.

Dennoch liebten die Bewohner von Devils Horn, dem kleinen Ort mitten im Sumpfgebiet, ihre Heimat und wollten um nichts in der Welt mit einem Leben in der Stadt tauschen. Auch Charlotte gehörte seit ein paar Wochen zu ihnen und genoss ihre neue Heimat bereits in vollen Zügen. Nach einem Missverständnis war das Mädchen von seinen Pflegeeltern ans Jugendamt zurückgegeben worden. Daraufhin hatten ihr Jacks Eltern das Angebot gemacht, sie zu adoptieren, denn den Matthews war nicht entgangen, dass sich Charlotte bei ihnen wohlfühlte. Außerdem hatte sie in Jack und Logan zwei enge Freunde gefunden. Deshalb war Charlotte schließlich zu den Matthews gezogen und richtete sich ihr neues Zuhause nach ihren Wünschen ein – worüber sich Logan manchmal lustig machte, denn Charlottes Lieblingsfarbe war Schwarz. Sie trug schwarze Klamotten und hatte sogar ihre Haare schwarz gefärbt. In ihrem Zimmer hängte sie schwarze Gardinen auf und lackierte auch die Regale schwarz.

»Das ist kein Zimmer, sondern eine Gruft«, witzelte Logan hin und wieder. Aber Charlotte mochte es nun mal dunkel und damit war sie nicht alleine: Auch Waschbär Sam schien die Finsternis zu schätzen und hielt sich immer öfter in Charlottes Zimmer auf, obwohl er eigentlich in *Wild Claws* zu Hause war. Aber wenn die Sonne unterging und es langsam dunkel wurde, schlich Sam immer häufiger zu den Matthews, um unter Charlottes Bett zu schlafen.

»Sam versteht mich«, sagte Charlotte manchmal. Und wenn sie ihn dann angrinste, tastete der Waschbär mit seinen kleinen Pfoten ihre Nase ab.

Am Sonntagmorgen fuhren die drei Freunde mit Basil im Wagen Richtung Norden. Es gab nur eine einzige feste Straße im Nationalpark und für gewöhnlich fuhren die Bewohner von Devils Horn mit dem Propellerboot in den nächstgelegenen Ort Homestead.

Weil die vier aber noch weiter nach Miami wollten, nahmen sie den Pick-up der Tierstation. Die Luft war warm und die Sonne schickte ihre goldenen Strahlen von einem blauen Himmel. Schwärme von Insekten surrten umher und weiter westlich flog ein Schwarm Pelikane Richtung Meer – vermutlich, um sich dort ein Fischfrühstück zu gönnen. Die Fenster des Fords waren heruntergekurbelt und aus dem Radio tönte entspannte Musik. Die perfekte Stimmung für einen relaxten Tag am Strand.

»Was hast du eigentlich in Miami zu tun?«, fragte Logan, der auf dem Beifahrersitz saß.

»Ich helfe heute im Zoo aus«, antwortete der stämmige Kerl mit dem kantigen Gesicht. »Zwei Reptilienpfleger sind krank geworden und die Zooleitung konnte erst ab morgen Ersatz organisieren. Deshalb haben sie deine Mum angerufen und gefragt, ob jemand von uns einspringen kann. Danach hole ich dann noch unseren neuen Gast ab: David Thornton, ein Haiforscher aus South Carolina.«

»Wir bekommen Besuch?«, wunderte sich Logan. »Davon hat mir Mum gar nichts erzählt.«

»Das hat sich spontan ergeben«, erklärte Basil. »Thornton ist wohl ein alter Bekannter deiner Mum und war zufällig in der Gegend.«

»Und er ist Haiexperte?«, fragte Jack neugierig.

Basil nickte. »Sein Spezialgebiet sind Weiße Haie. Sarah meinte, David würde auch ohne Käfig mit ihnen schwimmen. Er könne das Verhalten der Tiere ziemlich gut einschätzen.«

»Dem musst du unbedingt deinen Survival-Woofer vorführen«, sagte Jack. »Vielleicht funktioniert der ja auch bei Haien. Das wäre doch der Hit!«

Logan hatte in den vergangenen Monaten nämlich an

einem würfelförmigen Gerät gebastelt, das über einen Lautsprecher ein extrem hohes Signal aussandte. Der Ton war für Menschen unhörbar, aber einige Tiere konnten ihn mit ihren sensiblen Sinnesorganen wahrnehmen. Waschbär Sam beispielsweise war Hals über Kopf geflüchtet, als Logan das Gerät bei ihm ausprobiert hatte.

Logan hoffte, dass die Box vor allem gefährliche Tiere auf Abstand halten konnte – zu ihrem eigenen Schutz. Es kam nämlich immer wieder vor, dass sich Menschen von wilden Tieren bedroht fühlten und sie deshalb erschossen. Zuletzt war das einem Puma passiert, der sich in einen Supermarkt in Homestead verirrt hatte. Mit einem SuWo, wie Logan seinen Woofer nannte, hätte man das Tier vielleicht vertreiben und damit sein Leben retten können. Der Gedanke, ob die Box auch bei Haien funktionierte, war Logan allerdings noch nicht gekommen.

»Ich weiß nicht«, murmelte er. »Für den Einsatz im Wasser habe ich den SuWo eigentlich nicht konstruiert.«

»Trotzdem solltest du Thornton die Box zeigen«, ermunterte ihn Basil. »Wenn dir ein Haiexperte über den Weg läuft, musst du die Gelegenheit beim Schopfe packen. Und verlieren kannst du dabei ja nichts.«

Logan nickte. »Ich denk drüber nach.«

4

Miami war berühmt für seine Strände, an denen sich Schwimmer, Surfer und Schnorchler ein Stelldichein gaben. Besonders Miami Beach, eine dem Festland vorgelagerte Inselstadt, die über mehrere Brücken erreicht werden konnte, erfreute sich großer Beliebtheit. Das lag zum einen an den traumhaften Sandstränden, die aussahen, als wären sie einem Hollywoodfilm entsprungen. Zum anderen an der Vielfalt der Meeresbewohner: Papageienfische, Zackenbarsche, Langusten, Stachelrochen und Meeresschildkröten tummelten sich nur wenige Meter vom Strand entfernt im blaugrünen Wasser. Delfine und Seekühe reckten immer wieder ihre Köpfe empor und mit Glück begegnete man sogar einem Ammenhai.

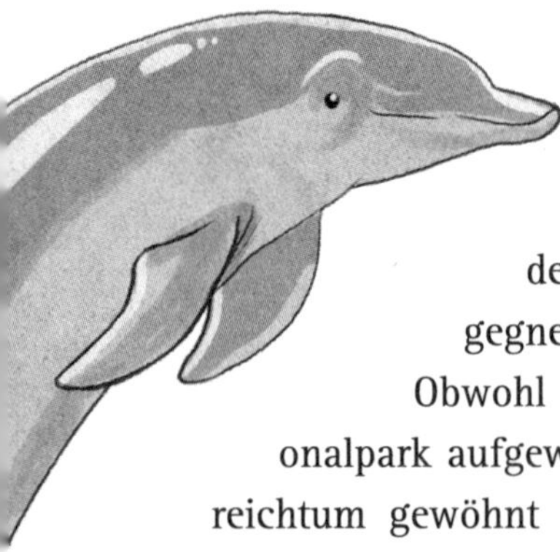

Obwohl Jack und Logan im Everglades Nationalpark aufgewachsen und an einen üppigen Artenreichtum gewöhnt waren, stellte ein Schnorchelausflug nach Miami Beach dennoch immer wieder ein Highlight dar: nicht nur wegen der Fische, die man im Sumpfgebiet nicht zu sehen bekam, sondern auch wegen des Urlaubsfeelings, das im Nationalpark nur selten aufkam, weil es eigentlich immer etwas zu tun gab. Jack und Logan machte die Arbeit zwar meistens Spaß, dennoch genossen sie auch die Momente, in denen sie einfach nur chillen konnten, zum Beispiel am Strand von Miami Beach.

»Wir treffen uns um sechs wieder hier«, verabschiedete sich Basil, als er die drei absetzte, und fuhr davon.

»Wow, das ist ja das reinste Urlaubsparadies hier«, staunte Charlotte mit Blick auf die riesigen Hotelanlagen, die sich bis zum Horizont erstreckten.

Die drei Freunde durchquerten einen schmalen Grüngürtel aus Palmen. Gleich dahinter lag der breite Sandstrand mit zahllosen Sonnenschirmen und Liegen, die auf Gäste warteten. Obwohl es noch relativ früh war, heizte die Sonne die Luft bereits mächtig auf. Dreißig Grad Celsius hatte der Wetterdienst vorausgesagt. Für November war das ziemlich warm, aber da Klimaschwankungen in Florida sowieso an der Tagesordnung waren, hatten sich die Bewohner damit arrangiert.

Logan zog Shorts und T-Shirt aus, schnappte sich die Schnorchelmaske und rannte los. »Ab ins Wasser!«, rief er. Sekunden später stürzte er sich in die Fluten.

Charlotte zögerte.

»Was ist los?«, fragte Jack, während er sich ebenfalls umzog.

Seine neue Schwester ließ den Blick über Miami Beach schweifen. Noch war wenig los, nur hier und da sah man Menschen, die ihre Handtücher platzierten oder sich eincremten. Im Wasser war noch niemand.

»Wie ist das mit Haien?«, fragte Charlotte mit sorgenvoller Miene. »Gibt es hier welche?«

Jack nickte. »Klar. Dornhai, Walhai, Riesenhai, Sandtigerhai, Fuchshai, Weißer Hai ...«

»Ist das der mit den großen Zähnen?«, fragte Charlotte erschrocken.

Jack winkte ab. »Keine Angst, Menschen stehen für gewöhnlich nicht auf seinem Speiseplan.«

Charlotte schluckte. »Für gewöhnlich.«

»Glaub mir: Haie haben kein Interesse an Menschen«, erklärte Jack. »Wir sind denen viel zu laut und zu hektisch. Außerdem bieten wir zu wenig Fleisch, das lohnt sich für Haie nicht. Und wenn sie doch mal einen Menschen beißen, ist das fast immer ein Missverständnis.«

»Aber es kommt vor«, sagte Charlotte.

Jack nickte. »Genauso wie Menschen von Autos angefahren werden. Wenn man sich denselben Platz teilt, kommt es zwangsläufig zu Begegnungen. Aber würdest du, nur weil es Verkehrsunfälle gibt, nicht mehr auf die Straße gehen?«

»Nein, natürlich nicht«, sagte Charlotte, machte aber trotzdem keine Anstalten, sich umzuziehen.

»Das verstehe ich nicht«, wunderte sich Jack. »Du bist doch sonst so furchtlos und streifst sogar alleine durch den Sumpf. Du watest durch Tümpel, in denen Krokodile und Alligatoren lauern könnten, und stürmst auf Verbrecher los, die ihre Waffe auf dich richten. Und jetzt hast du Angst, du könntest einem Hai begegnen?«

Charlotte zuckte mit den Schultern. »Ich kann nichts dafür ...«

»Oooohhh nein ...«, rief eine Stimme vom Meer. Jack und Charlotte sahen zu Logan, der knapp fünfzig Meter weit entfernt im Wasser schwamm und hektisch um sich blickte. »Etwas hat mein Bein gestreift! Da ist ein Schatten im Wasser, er umkreist mich …«

Charlotte stockte der Atem. »Logan wird angegriffen!«

Aber Jack schenkte seinem Freund keine Beachtung, sondern zog stattdessen in aller Ruhe seine Shorts aus, unter der er bereits seine Badehose trug.

»Ein Hai!«, rief Logan und schlug um sich. Wasser spritzte auf. »Er sieht total ausgemergelt aus, hat bestimmt seit Wochen nichts mehr gefressen. Und jetzt nimmt er alles, was er kriegen kann!«

Charlotte wurde leichenblass. Im selben Augenblick wurde Logan von einer unsichtbaren Macht gepackt und unter die Wasseroberfläche gezogen.

»Logan wird von einem Hai gefressen!«, brüllte Charlotte.

»Wird er nicht«, erwiderte Jack entspannt und nahm einen Schluck aus seiner Trinkflasche.

»Natürlich wird er das!«, rief Charlotte und zeigte zu der Stelle, an der Logan in die Tiefe gezerrt wurde. Plötzlich schoss er wie ein vergnügter Delfin aus dem Wasser empor.

»Juhuuu …«, brüllte er ausgelassen. »Kommt rein, das Wasser ist herrlich!«

»Keine Ahnung, wie oft ich schon mit Logan hier am Strand war«, seufzte Jack und drehte die Flasche in den Sand. »Und er macht jedes Mal denselben Witz. Jedes Mal!« Er schenkte Charlotte ein warmes Lächeln. »Du brauchst wirklich keine Angst zu haben. Wir passen auf dich auf.«

Als Charlotte ins Wasser eintauchte, empfand sie die Kühle als angenehm frisch und vergaß für einen Moment ihre

Angst. Zudem war die Unterwasserwelt, die sie durch ihre Schnorchelmaske sah, schlicht überwältigend. Es wimmelte von großen und kleinen Fischen, die im flirrenden Licht der Sonnenstrahlen über den hellen Sand flitzten. Eine Languste schritt majestätisch auf ihren Stelzenbeinen vorüber und wirkte mit ihren langen Fühlern wie ein Wesen von einem anderen Stern. Ein Stachelrochen kreuzte nur zwei Meter entfernt ihren Weg und erinnerte mit den fließenden Bewegungen seiner Flossen an einen trägen Vogel. Als Charlotte den Blick wieder hob, überholte sie ein Barrakuda. Ihre Gegenwart schien ihn nicht zu kümmern und seine Gelassenheit wirkte auf Charlotte beruhigend. Fasziniert sank sie in die Farben- und Formenpracht, folgte einem Kaiserfisch mit ihrem Blick und sah in einiger Entfernung einen Schatten vorüberziehen. War das ein Tümmler? Oder eine Seekuh?

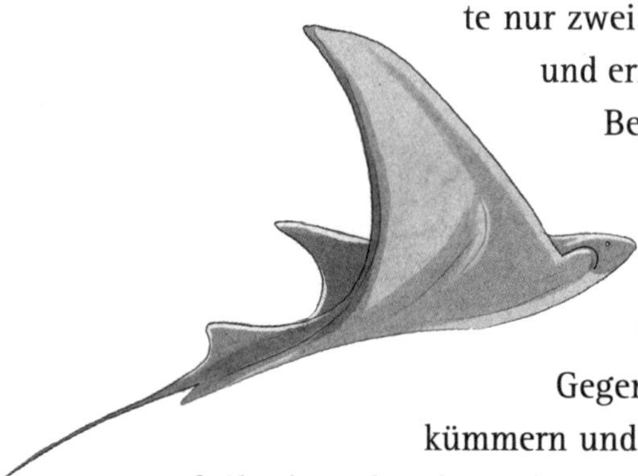

Charlotte ging die Luft aus. Mit kräftigen Zügen schwamm sie nach oben, durchbrach die Wasseroberfläche und nahm die Schnorchelmaske ab.

»Alles okay?«, fragte Jack, der neben ihr schwamm.

Charlotte nickte. »Da war ein Schatten.«

»Habe ich auch gesehen.«

»Tümmler oder Seekuh?«

»Hai.«

Von einer Sekunde zur nächsten fiel die frisch gewonnene Sicherheit in sich zusammen.

»Ein Hai?«, fragte Charlotte und blickte sich nervös um.

»Vermutlich nur ein Ammenhai«, sagte Jack. »Die sind völlig harmlos. Da ist selbst Sam gefährlicher.«

Das Wasser neben ihnen spritzte auf, ein Körper schraubte sich in die Höhe und klatschte ins Nass zurück.

»Logan!«, schimpfte Charlotte.

»Wo warst du?«, fragte Jack.

Logan nahm seine Schnorchelmaske ab. »Ich habe ein Wrack gefunden.« Seine Augen leuchteten.

»Die sind doch sonst viel weiter draußen«, wunderte sich Jack. Die Küste Floridas war zwar berühmt für ihre Schiffswracks, die vor allem aus der Zeit stammten, als die Europäer nach Amerika kamen. Allerdings lagen sie meist nicht so nah am Strand.

»Ist ja auch kein altes Wrack«, erklärte Logan. »Sondern das von einer Jacht, sechs oder sieben Meter lang. Liegt noch nicht lange da unten.«

»Und wieso haben wir noch nichts davon gehört?«, fragte Jack. »Normalerweise spricht sich so was doch in Windeseile rum und es würde von Schnorchlern und Tauchern nur so wimmeln.«

»Da ist aber niemand«, erwiderte Logan. »Ich schätze mal, ich habe das Wrack als Erster entdeckt.«

»Dann müssen wir das melden.«

»Erst sehen wir es uns an. Vielleicht finden wir ja was Wertvolles.« Logan grinste abenteuerlustig.

Aber Jack hatte Bedenken. »Wie weit vom Ufer entfernt ist es?«

»Hundert Meter«, sagte Logan. »Eher weniger. Na, kommt schon, das wird ein Spaß!«

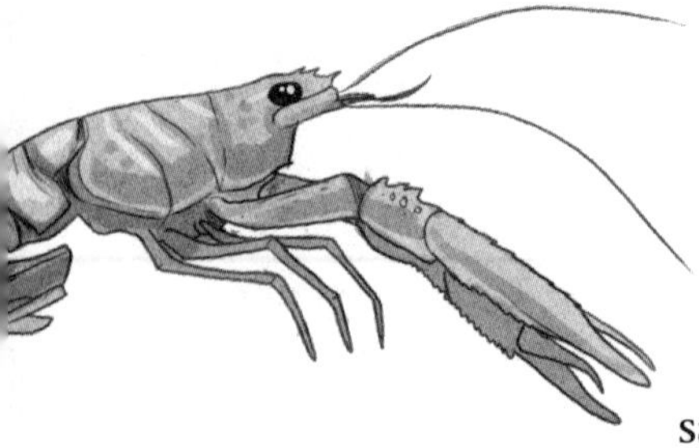

»So weit draußen gibt es Strömungen«, sagte Jack. »Und es wird schnell tiefer.«

»Wenn ihr nicht wollt, sehe ich es mir eben alleine an«, sagte Logan und setzte sein Pokerface auf. »So eine Gelegenheit lasse ich mir jedenfalls nicht entgehen.« Damit drehte er sich um und kraulte los.

»Warte«, rief Jack, »ich komme mit!« Er sah zu Charlotte. »Vielleicht schwimmst du lieber zurück.«

»Blödsinn!« Charlotte schüttelte den Kopf. »Ich bin natürlich dabei. Los geht's!«

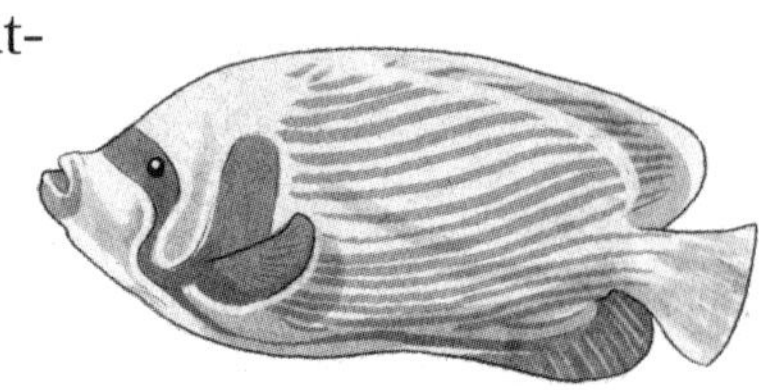

»Das sind doch mehr als hundert Meter!«, rief Jack nach einer Weile. Ein Blick zurück zum Strand bestätigte seine Befürchtung.

Logan warf einen Blick auf seine GPS-Uhr und checkte die Koordinaten. »Wir sind gleich da«, sagte er. Und wirklich: Eine Minute später hatten sie die Stelle erreicht. Direkt unter ihnen, auf einigen Felsen ruhend, lag das Wrack.

»Das sind höchstens drei Meter«, sagte Logan und wischte das Glas seiner Schnorchelmaske sauber. »Auf geht's.« Damit setzte er die Maske auf, holte tief Luft und tauchte ab. Jack und Charlotte folgten ihm.

Der Druck auf ihren Ohren nahm rasend schnell zu und schon nach zwei Metern hatten sie das Gefühl, dass ihre Köpfe in Schraubzwingen steckten, die langsam zugedreht wurden. Hinzu kam die Schwierigkeit, überhaupt runterzukommen, denn die gefüllten Lungen trieben ihre Körper wieder nach oben. Deshalb entließen die drei Freunde etwas Luft, was ihre Zeit unter Wasser allerdings verkürzte.

Die auf der Seite liegende Jacht umgab etwas Geheimnisvolles. Automatisch fragte man sich, warum sie gesunken und was aus der Besatzung geworden war – oder war sie womöglich mit ihrem Boot untergegangen? Da die Jacht kaum Algenbewuchs aufwies, lag sie vermutlich noch nicht lange auf den Felsen. In Besitz genommen war sie allerdings schon: Schwärme kleiner Fische flitzten umher und suchten Schutz im Inneren des rund sechs Meter langen Boots. Auf dem Kajütendach befand sich ein zu den Seiten hin offener und mit einem Sonnendach versehener Aufbau, unter dem das Steuer untergebracht war. Das Heck war mit mehreren Angelvorrichtungen ausgestattet. Auch sonst entdeckten die drei Freunde nichts Ungewöhnliches. Nach einer Minute tauchten sie wieder auf und schnappten nach Luft.

»Warum ist das Boot gesunken?«, fragte Charlotte außer Atem.

»Ich sehe mir mal den Rumpf an«, japste Logan. »Vielleicht hat er ein Leck.«

»Und ich checke die Kajüte«, sagte Jack.

Damit tauchten sie erneut hinunter. Logan untersuchte den sichtbaren Teil des Rumpfs, fand aber nichts, was auf ein Leck hinwies. Allerdings entdeckte er etwas anderes auf dem Rumpf, das er kurzerhand in den Bund seiner Badehose steckte. Als er wieder auftauchen wollte, machte Charlotte ihn auf eine Öffnung am unteren Rand des Hecks aufmerksam.

»Was war das?«, fragte sie, nachdem sie wieder oben waren.

»Die Lenzklappe«, erklärte Logan. »Damit lässt sich Wasser aus dem Boot pumpen.«

»Wie denn das?«, fragte Charlotte verwundert. »Das Loch ist doch viel zu weit unten.«

»Die Lenzklappe befindet sich unterhalb der Wasseroberfläche«, bestätigte Logan. »Aber wenn das Boot schnell genug fährt, wird das Wasser aus dem Inneren durch die Sogwirkung rausgezogen.«

»Du meinst, obwohl man das Ding unter Wasser öffnet, fließt das Wasser raus?«

»Ganz genau. Aber wie gesagt: Das Boot muss dabei schnell fahren.«

»Und wenn es das nicht tut?«

»Läuft Wasser rein.«

Charlotte wurde nachdenklich. »Lässt sich eine Jacht auf diese Weise versenken?«

»Klar. Allerdings dauert das eine Weile.« Logan stutzte. »Wo ist Jack?«

Sie schauten sich um, aber ihr Freund war nirgends zu sehen. Logan tauchte mit dem Kopf unter Wasser, aber auch dort fehlte jede Spur von Jack.

»Er muss noch in der Kajüte sein«, vermutete Logan. »Vielleicht steckt er in Schwierigkeiten.«

Er setzte die Schnorchelmaske auf und stürzte sich in die Fluten. Charlottes Herz raste. Beim Gedanken, Jack könnte etwas zugestoßen sein, wurde ihr flau im Magen. Denn Jack war nicht nur ihr Freund, sondern wurde auch immer mehr zu einer Art Bruder. Seit seine Eltern Charlotte adoptiert hatten und sie im Haus der Familie Matthews ein eigenes Zimmer bewohnte, fühlte sie sich so wohl wie seit Jahren nicht mehr. Der Stress der jahrelangen Odyssee durch Heime und Pflegefamilien fiel langsam von ihr ab und in Charlotte breitete sich das Gefühl aus, angekommen zu sein. Sie fühlte sich in Devils Horn nicht nur wohl, sondern auch zunehmend heimisch. Und sie hatte wieder

Spaß am Leben und Lust auf alles, was die Zukunft für sie bereithielt. Der Gedanke, dass ihre neue Familie zerstört werden könnte, schnürte ihr die Kehle zu.

Sie folgte Logan und beobachtete, wie er sich durch ein schmales Fenster ins Innere der Kajüte zwängte. Charlotte begriff sofort, dass etwas nicht in Ordnung war. Offenbar war Jack in der Kajüte in Schwierigkeiten geraten. Mit klopfendem Herzen erreichte sie das Fenster und zwängte sich ebenfalls hindurch. Sofort wurde sie von zwei Händen gepackt und nach oben gezogen. Sie durchstieß die Wasseroberfläche, streifte sich die Schnorchelmaske vom Gesicht und schnappte nach Luft.

»Alles okay?«, fragte eine Stimme.

»Jack!«, rief Charlotte erleichtert aus. »Wir dachten schon, dir wäre was passiert.«

»Wir sollten nicht zu lange bleiben«, sagte Logan. »Die Luft hier drinnen ist zu dritt schnell aufgebraucht.«

Erst jetzt realisierte Charlotte, dass sich innerhalb der Kajüte eine Luftblase befand, in der die drei mit ihren Köpfen steckten. »Was ist passiert?«, fragte sie.

Jack seufzte. »Ich hatte mich hier umgesehen und wollte die Kajüte gerade wieder verlassen, als direkt vor dem Fenster ein Hai vorüberschwamm.«

»Ein Ammenhai?«, fragte Logan.

Jack schüttelte den Kopf. »Ein Tigerhai.«

»Das ist ungewöhnlich.«

»Allerdings. Natürlich wollte ich sofort raus und euch warnen, aber der Hai kehrte um und hielt direkt auf mich zu. Ich konnte mich gerade noch zurück in die Kajüte retten. Dann schwamm er langsam am Fenster vorüber und starrte mit seinem Auge herein. Es kam mir fast so vor, als würde er mich beobachten.«

»Gruselig«, murmelte Charlotte.

»Wir haben den Hai nicht gesehen«, sagte Logan. »Allerdings habe ich eben auf dem Rumpf das hier gefunden.« Er zog den Gegenstand aus dem Bund seiner Badehose.

»Ein Haizahn«, sagte Jack.

»Ich hatte mich gefragt, wie der dorthin kommt«, sagte Logan. »Aber wenn hier ein Tigerhai herumschwimmt, ist die Frage ja beantwortet.«

»Vermutlich ist er schon wieder weg«, sagte Jack.

»Da wäre ich mir nicht so sicher«, sagte Charlotte. »Als wir zum Wrack rausgeschwommen sind, habe ich einen Schatten gesehen. Ich dachte, es wäre ein Tümmler oder eine Seekuh. Aber vielleicht war es auch der Hai.«

»Dann hat er uns möglicherweise schon länger verfolgt und wartet jetzt da draußen«, überlegte Logan.

»So ein Verhalten ist total unnormal«, sagte Jack. »Wieso belauert der Hai mich in der Kajüte, wenn nur ein paar Meter entfernt zwei Leckerbissen planschen?«

Logan räusperte sich. Aber Jack ließ sich nicht beirren. »Sorry, aber aus Sicht des Hais ist es nun mal so. Bei euch hätte er nur zuzuschnappen brauchen. Stattdessen bleibt er eine Weile bei mir und verschwindet dann im Nichts.«

»Ob er wirklich weg ist, wissen wir nicht«, sagte Logan. »Vielleicht zieht er immer noch seine Kreise ums Wrack, nur weiter entfernt.«

»Und was machen wir jetzt?«, fragte Charlotte.

»Zurückschwimmen«, sagte Logan. »Etwas anderes bleibt uns gar nicht übrig.«

»Und wenn uns der Hai attackiert?«

»Ich schwimme voraus und ihr folgt mir mit fünfzig Meter Abstand«, sagte Jack. »Vielleicht habe ich einen Geruch an mir und der Hai hat es deshalb auf mich abgesehen. Dann würde für euch gar keine Gefahr bestehen.«

»Blödsinn«, erwiderte Logan. »Wir lassen dich doch nicht als Köder vorausschwimmen. So was machen Freunde nicht. Außerdem: Je mehr wir sind, desto sicherer sind wir. Die Gruppe ist unser bester Schutz.« Er sah zu Charlotte. »Okay?«

Sie nickte.

»Dann los!«

6

Der Rückweg schien endlos zu dauern. Immer wieder warfen die drei Freunde nervöse Blicke zurück. Aber sie sahen keine dreieckige Flosse aus dem Wasser aufsteigen. Falls der Hai ihnen folgte, zeigte er sich nicht.

Erleichtert erreichten sie schließlich den Strand. Jack informierte die Strandwacht über die Sichtung des Hais und die Rettungsschwimmer versprachen, das Wasser im Auge zu behalten und zusätzlich mit einer Drohne aus der Luft nach verräterischen Schatten zu suchen. Schließen wollten sie Miami Beach vorerst nicht, denn der Strand füllte sich gerade mit sonnenhungrigen Menschen, die den Tag am Meer verbringen wollten. Erst wenn sich der Hai in Küstennähe zeigte, würden die Mitarbeiter der Strandwacht reagieren und die Leute aus dem Wasser rufen.

Logan, Jack und Charlotte ließen sich in einem Café auf der Promenade nieder und bestellten Slush-Ice. Als der Kellner die bunten Eisbecher brachte, sagte er: »Ihr seht aus, als hättet ihr ein Gespenst gesehen.«

»Die Sache steckt mir ganz schön in den Knochen«, sagte Jack, als der Kellner gegangen war, und rührte unschlüssig mit dem Strohhalm im gecrushten Eis. »Das hätte leicht schiefgehen können.«

»Tut mir leid, dass ich euch in Gefahr gebracht habe«, beteuerte Logan. »Hätte ich euch nichts vom Wrack erzählt, wären wir nicht so weit rausgeschwommen. Es war meine Schuld.«

»Es war niemandes Schuld«, stellte Charlotte klar. »Du konntest nicht wissen, dass ein Tigerhai auftauchen würde. So etwas scheint hier ja die große Ausnahme zu sein. Also vergessen wir dieses *Ich habe Schuld*-Gequatsche, das führt zu nichts.«

»Und was machen wir jetzt?«, fragte Jack. »Wir haben ein Wrack gefunden und wurden von einem Hai attackiert. Wenn wir das zu Hause erzählen, ist die Reaktion unserer Eltern ja wohl klar.«

»Kein Miami, kein Schwimmen ohne Erwachsene«, leierte Logan gebetsmühlenartig herunter. »Zumindest für eine ganze Weile.«

Charlotte war überrascht. »Wollt ihr das etwa verschweigen?«

»Das müssen wir uns jetzt überlegen«, sagte Jack. »Die Frage ist ja: Kommt der Hai zurück?«

»Die Frage ist eher, ob unsere Angst uns vom Wasser fernhält«, widersprach Logan. »Jeder weiß, dass es hier Haie gibt. Sogar Weiße, und die gehören zu den gefährlichsten Raubtieren überhaupt. Immer wieder werden Menschen von ihnen attackiert. Manche sterben auch.«

Logan hatte recht: In Florida kam es jedes Jahr zu zehn bis zwanzig Haiangriffen auf Menschen. Der Südosten der USA war damit diejenige Region Amerikas, an der die meisten Attacken stattfanden. Ein ziemlich hohes Risiko, das die Leute eigentlich vom Wasser fernhalten müsste.

Andererseits wurden weltweit mehr als 3.000 Menschen im Straßenverkehr getötet – pro Tag! Trotzdem käme niemand auf die Idee, Autofahren zu verbieten. »Dasein ist Risiko«, sagte Logans Mum immer. »Und es geht darum, sich so gut wie möglich zu schützen, ohne den Spaß am Leben zu verlieren.«

»Angenommen, das mit dem Hai war ein blöder Zufall«, überlegte Logan. »Was ist dann mit dem Wrack? Das müssten wir eigentlich melden.«

Jack nickte. »Stimmt. Aber wäre das klug?«

»Wieso?«, fragte Charlotte. »Was ist denn mit dem Wrack?«

Jacks Blick verdüsterte sich. »Das weiß ich nicht genau. Aber ein normales Wrack ist es jedenfalls nicht. In der Kajüte habe ich mich nach Dingen umgesehen, die uns einen Hinweis auf die Herkunft der Jacht geben könnten: Kartenmaterial, Logbuch und so weiter. Aber da war nichts.«

»Vielleicht wurde alles von der Strömung weggeschwemmt«, überlegte Charlotte. »Oder es ist in einem Schrank verstaut.«

Jack schüttelte den Kopf. »In den Schränken habe ich nachgesehen. Da war nichts.«

»Vielleicht hat auch der Besitzer alles mitgenommen«, sagte Logan achselzuckend. »Hätte ich vermutlich auch getan, wenn es mein Boot gewesen wäre.«

»Und hättest du auch den Namen von der Bordwand gekratzt? Beim Runtertauchen habe ich nämlich extra darauf geachtet, weil es ein zentrales Register gibt, in dem alle Boote ab einer bestimmten Größe registriert werden. Meine Mum hat Zugriff darauf, wegen unseres Propellerbootverleihs. Deshalb hatte ich die Idee, dort mal nachzusehen. Aber der Name wurde entfernt. Genauso wie alle anderen Hinweise auf die Herkunft der Jacht.«

»Dann hat der Besitzer sie vielleicht absichtlich versenkt«, überlegte Charlotte. »Ich habe doch dieses Ding gesehen – wie hieß das noch gleich?«

»Lenzklappe«, sagte Logan. »Sie war offen.«

»Und warum sollte der Besitzer das getan haben?«, fragte Jack.

»Vielleicht hat er Drogen mit dem Boot geschmuggelt«, überlegte Logan. »Oder Diamanten. Denkt an den Fall mit den aufgeschlitzten Tieren. Schmuggler können ziemlich einfallsreich sein.«

Bei ihrem letzten Fall hatte es das Trio mit einer Bande Schmuggler zu tun, die nicht davor zurückschreckten, Tiere als Transportmittel für Diamanten zu missbrauchen. Die drei Freunde hatten das Rätsel zwar gelöst, waren dabei aber in eine äußerst gefährliche Situation geraten, weshalb sowohl Logans Mum als auch Jacks Eltern ihnen anschließend klargemacht hatten, dass sie sich künftig gefälligst von Abenteuern fernzuhalten hatten.

»Wenn wir das Boot melden und es stellt sich heraus, dass es Schmugglern gehört, können wir Miami vergessen«, seufzte Logan. »Mit oder ohne Hai.«

»Ihr überlegt also echt, die Sache zu verschweigen?«, sagte Charlotte.

Jack zuckte mit den Achseln. »Bevor wir riskieren, nicht mehr alleine an den Strand zu dürfen, sollten wir checken, ob es sich wirklich um Schmuggler oder dergleichen handelt. Vielleicht gibt es ja auch eine ganz andere, völlig harmlose Erklärung für den entfernten Namen und die fehlenden Unterlagen.«

»Zum Beispiel könnte der Besitzer alle Erkennungsmerkmale beseitigt haben, weil er kein Geld hat, um die Jacht zu heben. Und das müsste er. Schließlich darf er sie nicht einfach im Wasser liegen lassen.«

»Aber ohne Namen wird es schwierig herauszufinden, wem sie gehört.«

»Trotzdem sollten wir noch mal darüber nachdenken«, schlug Logan vor. »Bevor wir auf Miami Beach für lange Zeit verzichten müssen. Charlotte?«

»Auf einen Tag mehr oder weniger kommt es vermutlich nicht an«, sagte sie.

Logan nickte. »Bin auch dabei. Und was machen wir jetzt mit dem Rest des Tages? Für heute ist mir die Lust aufs Schwimmen vergangen.«

»Wir könnten zu *Sweeney's* gehen«, schlug Jack vor. »Billard spielen.«

»Klingt gut«, sagte Logan.

»Dieser Sweeney ist doch hoffentlich schön weit weg vom Wasser?«, fragte Charlotte.

Die drei Freunde lachten. Dann verließen sie das Café.

*

»Und? Was habt ihr getrieben?«, fragte Basil, als sich die drei Freunde um sechs Uhr am vereinbarten Treffpunkt einfanden.

»Dies und das«, sagte Logan. »Hauptsächlich Billard gespielt.«

»Ihr wart Billard spielen?«, fragte Basil überrascht. »Ich dachte, ihr wolltet schwimmen gehen.«

»Waren wir ja auch«, erwiderte Jack. »Erst schwimmen, dann Billard.«

»Kann ich voll verstehen«, sagte der Mann, der hinter Basil stand. »Ich habe früher auch immer Billard gespielt. Besonders dann, wenn die Erwachsenen wollten, dass ich was anderes mache.« Er zwinkerte den drei Freunden verschwörerisch zu.

»Darf ich vorstellen.« Basil trat zur Seite. »David Thornton aus Charleston.«

Der braun gebrannte, schlanke Mann reichte ihnen lächelnd die Hand. »Ich habe schon viel von euch gehört.«

»Ach ja?«, fragte Jack. »Was denn?«

»Ihr habt eine Schmugglerbande hochgehen lassen«, sagte Thornton. »Stand groß in der Zeitung. Und vorher habt ihr einen Chemieskandal aufgeklärt. Ich muss schon sagen: Ihr seid ganz schön tough. In eurem Alter habe ich noch mit Lego gespielt und keine Kriminellen gejagt.«

»Das mit dem Lego glaube ich nicht«, sagte Logan und reichte Thornton die Hand. »Trotzdem danke für die Blumen.«

»Über Sie haben wir auch schon einiges gehört«, sagte Jack. »Sie schwimmen mit Weißen Haien. Ohne Käfig.«

»Stimmt«, sagte Thornton. »Aber das ist bei Weitem nicht so gefährlich wie das, was ihr macht. Schließlich sind Haie keine Kriminellen, sondern bloß Fische.« Er lachte laut und sein Humor hatte etwas so Befreiendes, dass die drei Freunde und Basil einfielen.

Nachdem sie zwei Stunden später *Devils Horn* erreichten, verabschiedeten sich die drei Freunde voneinander.

»Bis morgen«, sagte Logan.

»Sieben Uhr am Landungssteg«, erwiderte Jack. »Pünktlich!«

»Bin ich doch immer«, winkte Logan ab. Dann folgte er Basil und Thornton zur Station, während Jack und Charlotte zum Haus der Matthews schlenderten.

»Der hat uns das mit dem Billard nicht abgenommen«, sagte Charlotte.

»Wie kommst du darauf?«, fragte Jack. »Thornton hat doch extra gesagt, dass er das total verstehen kann.«

»Aber er meinte es nicht so. Er war nicht ehrlich.«

»Dann wollte er uns eben einen Gefallen tun.« Jack zuckte mit den Achseln. »Ist doch nett von ihm.«

Charlotte antwortete nicht. Jack hielt sie an. »Dir steckt die Sache mit dem Tigerhai noch in den Knochen, oder? Mir auch. Aber für dich muss es doppelt gruselig gewesen sein. Du hast dir ja schon Sorgen gemacht, bevor wir ins Wasser gegangen sind.«

Charlotte nickte. »Stimmt.«

»Viele Menschen haben Angst vor Haien«, sagte Jack. »Das haben ihnen Filme und Bücher eingetrichtert. Aber du bist jemand, der normalerweise vor gar nichts Angst hat. Gibt es einen Grund, warum es ausgerechnet bei Haien anders ist?«

»Den gibt es wirklich«, seufzte Charlotte. »Als ich acht Jahre alt war, hatte meine Mum mal wieder einen neuen Freund. An einem Sonntag machten wir einen Ausflug ans Meer, oben in New Haven. Ich hatte damals gerade das Goldabzeichen im Schwimmen gemacht und war mächtig stolz. Deshalb wollte ich unbedingt ins Wasser, aber meine Mum und ihr Freund wollten lieber knutschen. Deshalb ging ich alleine.«

Charlotte schluckte. Es war nicht zu übersehen, dass es ihr schwerfiel, darüber zu reden. »Ich schwamm los, ohne nachzudenken. Als ich mich nach einer Weile umdrehte, war ich ziemlich weit vom Strand entfernt und bekam Angst, dass ich es nicht zurückschaffen könnte. Ich schrie und winkte, aber weder meine Mum noch ihr Freund reagierten darauf. Und dann ... plötzlich ...« Charlotte durchfuhr ein Schauer. »Plötzlich streifte mich etwas an den Beinen. Und ich sah, wie sich eine Flosse entfernte.«

»Und das war ein Hai?«, fragte Jack. »Kein Delfin?«

»Ich bin sicher, dass es ein Hai war, denn er kehrte um und schwamm noch mal an mir vorbei, so nah, dass ich ihn durchs klare Wasser sehen konnte.«

»Hat er dich angegriffen?«, fragte Jack.

Charlotte schüttelte den Kopf. »Nein. Nachdem er mich das zweite Mal passiert hatte, tauchte er ab und war verschwunden. Ich schwamm so schnell wie möglich zurück zum Strand und erzählte meiner Mum und ihrem Freund alles. Aber der lachte nur und meinte, der Hai hätte wohl gerochen, dass ich kein gutes Futter abgeben würde.«

»So ein Blödmann!«, schimpfte Jack.

»Seitdem habe ich panische Angst vor Haien«, fuhr Charlotte fort. »Ich schwimme zwar für mein Leben gern, aber nicht im Meer. Da sitzt mir immer die Angst im Nacken.«

»Verstehe ich total«, sagte Jack. »Nach so einem Erlebnis würde ich auch nie wieder ins Wasser gehen, egal ob Meer oder Badesee. Und trotzdem bist du mit uns rausgeschwommen.«

»Weil ich mir den Spaß nicht verderben lassen will. Ich versuche, gegen die Angst anzugehen. Aber es fällt mir ziemlich schwer.«

»Du bist das mutigste Mädchen, das ich kenne«, sagte Jack anerkennend und nahm Charlotte in den Arm.

»Danke. Und jetzt habe ich Hunger. Meinst du, Candle hat was Leckeres gekocht?«

»Bestimmt. Und du kannst sie ruhig Mum nennen, wenn du willst. Candle ist zwar auch okay. Aber über Mum würde sie sich sicher noch mehr freuen. Und sie ist ja auch deine Mum. Sie und Dad haben dich immerhin adoptiert.«

Charlotte nickte. »Ich weiß. Und das finde ich auch total nett. Aber ich brauche noch ein bisschen.«

»Ist okay.« Jack hakte sich bei Charlotte unter. »Schwesterherz.«

Dann gingen sie nach Hause.

»Hey, Mum, unser Besuch ist da!«, rief Logan, als er und David Thornton das Haus betraten. Er schnupperte. »Was ist denn das?«

»Riecht nach Essen«, sagte Thornton. »Nach einem Braten.«

Logan schüttelte den Kopf. »Unmöglich. Meine Mum macht nie Braten.«

»Heute schon«, sagte eine Stimme hinter ihnen. Logan und Thornton drehten sich um. In der Tür zur Küche stand Sarah Davis. Sie trug einen engen Rock und eine luftige Bluse. Ihre langen Haare, die normalerweise zu einem praktischen Zopf geflochten waren, fielen ihr über die Schultern. Und die Turnschuhe hatte sie gegen schmale Pumps mit Absätzen eingetauscht. Logan erkannte seine Mum kaum wieder.

»Was ist denn mit dir los?«, fragte er erstaunt.

Sarah kam mit einem breiten Grinsen auf die beiden Neuankömmlinge zugestelzt.

»David!«, rief sie aus und umarmte den Haiforscher. »Schön, dich zu sehen.« Sie strahlte ihn an.

»Ihr kennt euch also wirklich«, stellte Logan fest.

»Aber ja«, sagte Sarah. »Wir haben zusammen studiert. Damals. Weißt du noch?« Sie zwinkerte Thornton zu.

»Wie könnte ich das vergessen?«, gab der Haiforscher schelmisch zurück. »Oder dich?«

Sarah kicherte.

»Dann sind Sie gar nicht zum Arbeiten hier?«, fragte Logan. »Sondern besuchen meine Mum?«

»Beides«, erwiderte Thornton. »Ich werde hier ein paar Tage arbeiten und besuche gleichzeitig dich und deine Mum. Ich verbinde sozusagen das Nützliche mit dem Angenehmen.« Er grinste Sarah an.

»Meine Mum ist in Thornton verknallt«, klagte Logan später am Telefon. »Jack, du hättest sie mal sehen sollen, wie die sich rausgeputzt hatte. Sogar geschminkt war sie! Echt ätzend!«

»Erwachsene machen verrückte Sachen, wenn sie verliebt sind«, bestätigte Jack. »Wenn meine Eltern Hochzeitstag haben, sind die schon Tage vorher voll daneben und nehmen mich kaum noch wahr. Ich muss dann immer zu Verwandten nach Jacksonville, und wenn mich meine Eltern da abliefern, sehen sie immer total erleichtert aus, so als wären sie froh, mich endlich los zu sein.«

»Es gab sogar Braten«, knurrte Logan. »So was hat Mum zuletzt gemacht, als Granny gestorben ist. Und das ist auch schon Jahre her.«

»Nimm's locker und nutze die Vorteile«, riet ihm Jack. »Wenn Erwachsene verknallt sind, kannst du quasi alles verlangen. Das Portemonnaie sitzt dann extrem locker. Wie ist er denn sonst so?«

»Thornton? Scheint ganz nett zu sein. Er hat die meiste Zeit gegrinst, so als fände er Mums Benehmen irgendwie witzig. Aber so, wie die ihn angehimmelt hat, war es auch schwer möglich, sich nicht kaputtzulachen. Ob er ihr Liebesgesäusel ernst nimmt, weiß ich natürlich nicht. Ey, stell dir vor, irgendwann fragte sie allen Ernstes, ob er schon mal von einem Hai gebissen worden sei, und als er Ja sagte, wollte sie die Bisswunde sehen. Thornton tat so, als würde er sein Hemd ausziehen – und glaub's oder nicht: Mum hat daraufhin angefangen zu sabbern. Wie ein Hund!«

Jack kicherte.

»Den Braten hat er dann mit seinem Messer angeschnitten«, fuhr Logan fort. »So ein Riesending wie das von Crocodile Dundee. Ist schon irgendwie cool, der Typ.«

»Und wie lange bleibt er?«, fragte Jack.

»Ein paar Tage. Das Gute daran ist, dass Mum sich nicht für unser Miami-Beach-Erlebnis interessiert. Sie hatte sogar vergessen, dass wir überhaupt dort waren.«

»Liebe ist echt 'ne fiese Krankheit«, knurrte Jack. »Wir können froh sein, wenn wir davon verschont bleiben.«

»Recht hast du«, erwiderte Logan. »Dann bis morgen, Bro.«

»Schlaf gut, Bro.«

»Du auch, Bro.«

Sie legten auf und Logan sank in sein Kissen. Er war hundemüde und wollte nur noch schlafen. Aber das helle Lachen seiner Mutter ließ ihn aufhorchen. Es kam von draußen. Offenbar führte Sarah ihren Besuch zum Gästehaus.

Logan war schon so lange ohne Vater, dass er sich damit abgefunden hatte. »Du bist der Mann im Haus«, sagte Sarah manchmal und Logan gefiel das. Er wollte diese Position nicht hergeben. Aber falls er es musste, wäre ein Typ wie David Thornton noch am ehesten nach seinem Geschmack. Trotzdem wollte Logan, dass er wieder ging. Je früher, desto besser. Damit seine Mum keine Dummheiten machte.

Mist, jetzt war er wieder wach. Und nun? Am besten etwas lesen, dachte Logan, das macht müde. Er angelte nach dem Buch auf dem Nachttisch neben sich. *Mörder in der Dunkelheit* lautete der Titel. Klang spannend. Aber ob sich das als Einschlaflektüre eignete?

Logan schlug die erste Seite auf und las: »Daniel Thunder zog das Messer heraus und schlich ins Haus ...«

Au weia!

Am nächsten Tag ließen die drei Freunde ihr Erlebnis noch einmal Revue passieren, als sie nach dem Gong die Schule verließen und über den Pausenhof schlenderten.

»Ist euch noch was anderes eingefallen, außer im zentralen Bootsregister nachzusehen?«, fragte Jack.

»Wir könnten ja mal versuchen, Sheriff Malone auszuquetschen«, sagte Logan. »Falls der Besitzer das Kentern seiner Jacht gemeldet haben sollte, dann doch wohl am ehesten der Polizei.«

»Aber der Polizei von Miami«, gab Charlotte zu bedenken. »Schließlich liegt das Boot vor der Küste von Miami Beach. Und Malone ist Sheriff von Homestead.«

»Stimmt«, sagte Logan. »Aber die Polizei von Homestead arbeitet eng mit der von Miami zusammen. Außerdem sind Malone und der Chef vom Miami Police Departement befreundet, die erzählen sich bestimmt gegenseitig, was beim anderen so los ist.«

»Trotzdem wird Malone uns nichts sagen«, meinte Jack. »Jedenfalls nicht, ohne dass er wissen will, warum wir das wissen wollen. Und dann müssen wir ihm von unserem Fund erzählen.«

»Wir könnten uns einschleichen«, schlug Charlotte vor. »Undercover.«

»Bei der Polizei?«, fragte Jack. »Wie soll das denn gehen?«

»Der Sheriff hat uns doch angeboten, bei ihm anzufangen«, sagte Charlotte. »Nachdem wir den Fall mit dem Chemiewerk gelöst hatten.«

»Wenn wir erwachsen sind«, sagte Logan.

»Früh übt sich«, gab Charlotte keck zurück. »Sag doch einfach, du willst ein Praktikum machen. Dagegen kann Malone nichts haben.«

»Ich?«, rief Logan überrascht aus. »Wieso denn ich?«

»Weil's deine Idee ist«, sagte Jack. »Und ich recherchiere ja schon bei meinen Eltern.«

»Charlotte kann doch auch ein Praktikum machen«, versuchte Logan das drohende Unheil abzuwenden.

Aber das Mädchen schüttelte den Kopf. »Ich höre mich bei den Rettungsschwimmern in Miami Beach um. Falls jemand ein Boot kentern gesehen hat, haben wir dort am ehesten Glück.«

»Klingt nach einem guten Plan«, sagte Jack und warf einen Blick auf seine Uhr. »14 Uhr. Ich schlage vor, wir schwärmen aus und treffen uns um sieben Uhr wieder am Anleger. Einverstanden?«

»Einverstanden«, sagte Charlotte.

Und auch Logan nickte. Obwohl das kaum zu sehen war.

*

Auf der Busfahrt nach Miami dachte Charlotte daran, dass sie es hasste, ihre Freunde anzulügen. Aber ihr blieb nichts anderes übrig. Denn wenn Jack und Logan wüssten, was sie wirklich vorhatte, hätten sie sie niemals alleine fahren lassen. Charlotte war also gar keine andere Wahl geblieben – wenn sie die Wahrheit herausfinden wollte.

*

Jack betrat das Flughafengelände in Homestead just in dem Moment, als seine Mutter auf dem Weg zum Helikopter war.

»Was machst du denn hier?«, wunderte sich Candle.

»Ich, äh ... wollte dich besuchen«, log Jack eher schlecht als recht. Er hatte zwar darüber nachgedacht, wie er sein Erscheinen begründen könnte, falls er seinen Eltern begegnen würde. Aber ihm war nichts eingefallen. Jack war kein guter Lügner und er fing sofort an zu schwitzen, wenn er die Unwahrheit sagte. So wie jetzt.

»Ist dir warm?«, fragte Candle ihren Sohn.

»Äh ja, dir nicht?« Jack wischte sich den Schweiß von

der Stirn, während seine Mum einen Blick auf die Anzeige am Tower warf. Das Thermometer zeigte fünfundzwanzig Grad Celsius an.

»Total normale Temperatur«, stellte Candle fest. Ihr Gesicht nahm einen besorgten Ausdruck an. »Hast du etwa Fieber? Bist du krank?«

»Nein, mir ist bloß heiß. Und ich habe noch nichts getrunken. Kann ich mir im Büro ein Glas Wasser nehmen?«

»Na klar.«

»Ist die Tür denn auf? Ich meine: Befindet sich eventuell noch eine weitere Person im Büro?«

Wenn Logan hier wäre, hätte er sich die Hand vor die Stirn geschlagen, dachte Jack. Er benahm sich derart auffällig, dass er auch gleich hätte sagen können: *Ist das Büro leer? Ich will nämlich in deinem Computer spionieren.*

Aber entweder bemerkte Candle es nicht oder sie nahm die Frage als Marotte ihres Sohns hin. »Die Tür ist offen«, sagte sie. »Bis später, Schatz.«

Damit stieg sie in den Hubschrauber, setzte ihren Helm auf und flog davon. Jack atmete erleichtert auf. *Jetzt aber schnell,* trieb er sich an, *bevor noch weitere unvorhergesehene Dinge passierten.*

*

Das Police Departement in der First Avenue erinnerte mit seiner imposanten Größe an einen griechischen Tempel. Beim Eintritt durch das hohe Eingangsportal mit den beiden eckigen Säulen und der Pyramide auf dem Dach sollte man sich als Besucher vermutlich gleich ein bisschen kleiner fühlen und der Polizei mit demütigem Respekt begegnen. Auch im Inneren war alles etwas größer und eindrucksvoller als in der alten Polizeistation. Sogar die Beamten schienen aufrechter zu gehen.

Das neue Hauptquartier war erst vor Kurzem eröffnet worden. Bis vor ein paar Wochen war die Polizei in der Krome Street in einem eher schlichten und über die Jahre ziemlich heruntergekommenen Gebäude untergebracht gewesen. Sheriff Malone hatte oft über das marode Bauwerk geschimpft und mehrfach betont, wie sehr die Laune seiner Leute darunter litt. Der Umzug schien den Beamten neues Selbstbewusstsein zu geben – so, wie dem Polizisten am Empfang.

»Kann ich dir helfen?«, fragte er mit hochgezogenen Augenbrauen und erhobenem Kinn.

»Ich muss Sheriff Malone sprechen«, kam Logan ohne Umschweife zur Sache.

»Soso, und was willst du vom Chief?«

»Das ist privat.«

Der Beamte rümpfte die Nase. »Der Chief ist sehr beschäftigt und ich kann ihn nicht wegen jeder Lappalie belästigen. Das verstehst du doch sicher, oder?«

Logan seufzte. »Ja, kann sein, aber ich muss ihn trotzdem sprechen.« Nervös trommelte er mit den Fingern auf dem Tresen.

»Und bevor ich den Chief belästigen kann, muss ich wissen, worum es geht«, beharrte der Beamte.

»Ich bin Logan Davis«, sagte Logan und fand, damit wäre die Sache klar.

»Und ich bin Bart Ryder«, gab der Beamte ungerührt zurück. Offenbar hatte er noch nie von den spektakulären Fällen gehört, die Logan und seine Freunde gelöst hatten.

Logan überlegte, ob er sich einfach am Empfangstresen vorbeidrängeln sollte. Aber womöglich würde dieser Ryder ihn dann festnehmen, so pflichtbewusst, wie er tat. Also nahm Logan einen neuen Anlauf, um eine Erklärung abzugeben – als eine laute Stimme quer durch das Großraumbüro schallte: »Logan?«

Sheriff Malone stand vor seinem Büro mit einem Stapel Papiere in der Hand.

»Haben Sie kurz Zeit?«, rief Logan.

»Klar, komm in mein Büro!«, rief Malone zurück und winkte ihn zu sich.

Bart Ryder schien überrascht. »Aber, Chief … ich …«

»Schon okay!«, rief Malone. »Lassen Sie ihn einfach durch.« Damit drehte er sich um und verschwand in seinem Büro.

»Sorry«, sagte Logan und zwängte sich an dem Beamten vorbei.

Mit dem habe ich mir bestimmt keinen neuen Freund gemacht, dachte er, als er durch die Reihen mit den Schreibtischen ging.

»Es war ein Ufo!«, zog eine laute Stimme seine Aufmerksamkeit auf sich. Ein Mann um die dreißig mit dichtem Bart und einer großen Sonnenbrille saß bei einem Beamten und gestikulierte wild. »Und die Aliens haben sich versteckt. Sie sind mitten unter uns! Also was wird die Polizei tun, um die Bevölkerung zu schützen?«

»Wir tun, was wir können«, gab der Beamte leicht genervt zurück, worauf der Mann mit der Sonnenbrille wütend mit der Faust auf den Schreibtisch schlug. »Das ist aber nicht genug!«

Logan erreichte das Büro von Sheriff Malone und ging hinein.

*

Charlotte stand am Strand und sah hinaus aufs Meer. Sie wusste nicht, ob ihr Vorhaben eine gute Idee war. Aber sie war sich auch nicht sicher, ob die Recherchen ihrer Freunde etwas Brauchbares zutage fördern würden. Deshalb hatte sie schon gestern Abend einen Entschluss gefasst – und die halbe Nacht kein Auge zugetan. Charlotte war nicht nur müde, sondern möglicherweise auch dabei, sich in große Gefahr zu begeben. Beides bereitete ihr Sorgen. Aber dann erinnerte sie sich an das Versprechen, das sie sich selbst gegeben hatte, damals, nach der Sache mit dem Hai: *Ich werde meine Angst überwinden.* Und genau das hatte Charlotte jetzt vor. Mit energischen Schritten stapfte sie durch den Sand Richtung Meer.

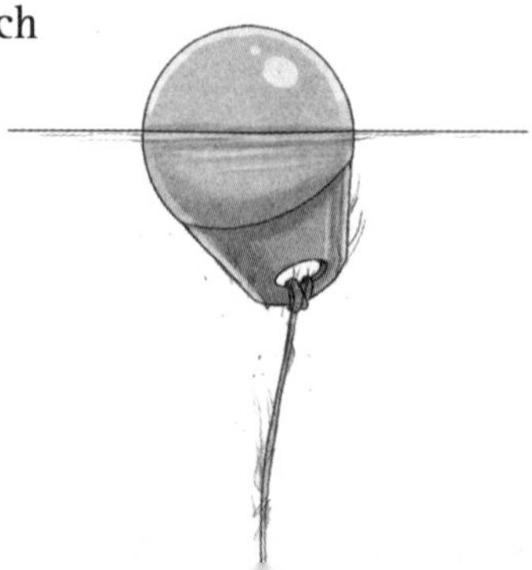

Das Büro von Jacks Eltern war ein rund zwanzig Quadratmeter großer Raum, in dem außer zwei Schreibtischen, einigen Regalen und einem Kühlschrank auch noch eine Kiste mit Legosteinen stand, die allerdings schon ziemlich verstaubt waren. Als Kleinkind hatte Jack hier unzählige Stunden zugebracht, während seine Eltern arbeiteten. Deshalb verband er mit diesem Ort ein beruhigendes Gefühl, das ihm Sicherheit gab. Umso mehr wurmte es ihn, unter einem Vorwand hier einzudringen und heimlich den Computer seiner Mum zu durchforsten. Aber es blieb ihm wohl nichts anderes übrig.

Er setzte sich an den Schreibtisch und startete den PC. Während der Rechner hochfuhr, warf Jack einen Blick zum Fenster hinaus auf das kleine Flugfeld mit der Start- und Landebahn. Gerade setzte eine Cessna auf, bremste ab und rollte dann gemächlich zum Hangar, in dem auch die beiden Maschinen seiner Eltern untergebracht waren. Jacks Vater arbeitete als Fluglehrer, und weil das private Fliegen in Florida sehr beliebt war, hatte er meistens alle Hände voll zu tun.

Seine Mutter Candula, die alle nur Candle nannten, war Hubschrauberpilotin, die sowohl an der Küste als auch in den Everglades regelmäßig Einsätze flog. Nebenbei unterhielten die Matthews noch einen Propellerbootverleih, bei dem auch Jack zur Hand gehen musste, wenn Not am Mann war. Zum Ausgleich besaß er ein eigenes Propellerboot, in dem er jeden Tag mit Logan und Charlotte zur Schule düste – mit fünfzig Sachen über den Sumpf. Coole Sache!

Der Computer gab einen hellen Signalton von sich. Jack stockte der Atem. Das Ding wollte ein Passwort haben!

Jack kam ins Grübeln. Die meisten Leute vergaben entweder sehr leichte Passwörter, weil sie sich schwierige nicht merken konnten. Oder sie notierten die Zugangsdaten in der Nähe des Computers, um sie immer parat zu haben. Jack untersuchte die Schreibunterlage seiner Mutter, blätterte ihren Kalender durch und inspizierte die Bildschirmrückseite ... aber ein Passwort fand er nicht.

Spaßeshalber betätigte er die Enter-Taste ohne ein Passwort einzugeben. Vielleicht hatte seine Mum ja gar keins vergeben. Aber als der PC ein quäkendes Geräusch von sich gab und erneut nach dem Passwort verlangte, wurde Jack klar, dass es so leicht nicht werden würde.

*

»Setz dich doch«, bot Sheriff Malone seinem Besuch den Stuhl auf der gegenüberliegenden Seite des wuchtigen Schreibtischs an. »Willst du was trinken?«

»Nein danke«, sagte Logan und nahm Platz. Offenbar sollte nicht nur das Gebäude beeindruckend wirken, sondern auch das Mobiliar. »Ich will Sie auch gar nicht lange stören ...«

»Du störst nicht«, winkte Malone fröhlich ab. »Du und deine Freunde habt immerhin zwei echt knifflige Fälle gelöst und mitgeholfen, üble Verbrecher festzunehmen.« Er hielt inne und sein Gesicht nahm einen besorgten Ausdruck an. »Habt ihr etwa was Neues? Seid ihr wieder auf Verbrecherjagd?«

»Aber nein, nicht doch«, lachte Logan.

Der Sheriff atmete erleichtert auf. »Ein Glück. Eure Eltern haben das nämlich verboten. Nach dem letzten Fall hat mir deine Mum die Hölle heißgemacht, ich kann dir sagen ... Viele ihrer Flüche kannte ich noch gar nicht, einige habe ich mir sogar notiert, man weiß ja nie, wozu man die nicht noch mal gebrauchen kann.« Er grinste breit.

»Das ist doch mal wieder typisch«, ertönte eine laute Stimme von draußen. »Amerikas Bürger werden bedroht, aber die Polizei tut nichts. Was bleibt einem da anderes übrig, als sich selbst zu schützen?«

Logan warf einen Blick über seine Schulter, wo er durch die Glasscheibe von Malones Büro den Mann mit Bart und Sonnenbrille dabei beobachtete, wie er von seinem Stuhl aufsprang und wutschnaubend das Departement verließ.

»Da kannst du mal sehen, mit was für Leuten wir es hier immer wieder zu tun haben«, seufzte Malone.

»Er hat von Aliens gesprochen«, sagte Logan.

»Die vor der Küste von Miami Beach mit ihrem Ufo ins Wasser gestürzt sind«, ergänzte Malone. »Dafür sind ja eigentlich die Kollegen aus Miami zuständig. Aber nachdem der Kerl bei denen abgeblitzt ist, versucht er es jetzt bei uns.« Malone schüttelte den Kopf. »Spinner.«

»Da ist also nichts dran?«, fragte Logan.

»An einem abgestürzten Ufo?« Malone zog überrascht die Brauen hoch. »Glaubst du so was?«

Logan zuckte mit den Schultern. »Eigentlich nicht. Aber wenn jemand so davon überzeugt ist ...«

Der Sheriff winkte ab. »Ich glaube nicht an Ufos. Aber selbst wenn es welche gäbe, die noch dazu vor unserer Küste abstürzen, hätten das doch sicher noch mehr Leute beobachtet als nur dieser Ufo-Fanatiker. Mr Lee vom Leuchtturm zum Beispiel, der hat die Küste schließlich im Blick. Aber niemand hat etwas gesehen. Nur dieser Wilson. Und jetzt sollen wir losfahren und Aliens suchen, die sich unter die Bevölkerung gemischt haben?« Sheriff Malone seufzte tief. »Als hätte die Polizei nichts Besseres zu tun.« Damit lehnte er sich zurück und verschränkte die Hände hinter dem Kopf. »Kommen wir lieber zu dir, Logan. Was kann ich für dich tun?«

»Wir führen eine Befragung durch, für den Politik-Unterricht«, sagte Logan und zog Schreibblock und Kuli aus seinem Rucksack. »Wir sollen herausfinden, wie Behörden arbeiten. Und ich habe die Polizei bekommen.«

»Aha.« Malone nickte knapp. »Und was willst du wissen?«

»Ja, also ... ich habe mir einen Fall ausgedacht. An dem würde ich gerne zeigen, wie Polizisten ermitteln.«

»Und was ist das für ein Fall?«

»Ich habe mir überlegt ...« Logan schöpfte Atem. »Also wenn ein Boot mit Drogen vor Miami Beach kentert: Wie verhält sich die Polizei gegenüber der Öffentlichkeit?«

Malone runzelte die Stirn. »Ein Boot mit Drogen? Wie kommst du denn auf so was?«

»Ist bloß ein Beispiel«, sagte Logan. »Könnte auch was anderes sein, Waffen zum Beispiel. Oder Bomben. Nehmen wir der Einfachheit halber eine Atombombe. Wenn also knapp hundert Meter vom Strand entfernt ein Schiff mit einer Atombombe kentert: Erfährt die Bevölkerung davon? Oder kehrt die Polizei den Vorfall unter den Teppich?«

*

Jack betätigte die Enter-Taste und erneut ertönte der quäkende Ton. *Bei der nächsten falschen Eingabe wird der Computer gesperrt,* verkündete ein Schriftzug unter der Eingabemaske. Jack fluchte. Wenn der Computer gesperrt war, wüssten seine Eltern sofort, dass er sich daran zu schaffen gemacht hatte. Nur wenn er das richtige Passwort fand, würde der Computer entsperrt werden und die Angabe, dass es bereits zwei Fehlversuche gegeben hatte, verschwinden.

Aber Jack hatte noch immer keine Ahnung, wie er das Passwort finden sollte. Bei Milliarden möglicher Kombinationen war die Wahrscheinlichkeit, dass er durch Raten die richtige wählte, verschwindend gering. Also musste er kombinieren – wie ein Detektiv. Und dazu musste er sich in die Lage seiner Eltern versetzen.

Candle und Bob waren immer ziemlich gut organisiert, deshalb würden sie sicher nicht irgendein beliebiges Passwort wählen, sondern sich etwas dabei denken. Allerdings waren sie auch sehr vergesslich, weshalb sie eins nehmen würden, mit dem sie etwas verbanden, damit sie sich daran erinnerten, wenn sie im Stress waren und den Kopf voll anderer Dinge hatten. Außerdem waren Jacks Eltern fröhliche Menschen, deshalb würden sie ein Wort wählen, das ihnen ein Lächeln ins Gesicht zauberte, wenn sie morgens ins Büro kamen und mit der Arbeit begannen. Da es sich um den Computer seiner Mum handelte, überlegte Jack, was Candle gernhatte: Blumen, Schlagsahne, Hubschrauber ... aber auch laute Musik. Handelte es sich beim Passwort um den Namen ihres Lieblingsmusikers? Wer war das noch mal? Oder hatte sie als Zugangsberechtigung den Namen ihrer Lieblingssahne McPearl gewählt? Oder doch eher den Spitznamen ihres Helis? *Hyazinthe?*

Jack seufzte. Jede dieser Möglichkeiten kam infrage. Und jede war so gut wie die anderen. Es gab keinen Grund, warum Hyazinthe wahrscheinlicher sein sollte als McPearl. Auf diese Weise würde er das Passwort nicht herausfinden. Jack hatte nur eine Chance, wenn seine Mum eins gewählt hatte, das einzigartig war und sich von allen anderen abhob. Also abgesehen von Sahne, Musik und Helikoptern: Was hatte seine Mum am allerliebsten? Vermutlich Dad. Lautete das Passwort also Bob? Beziehungsweise Robert? So hieß sein Vater nämlich mit Vornamen, Bob war die Kurzform.

Jack versuchte, sich in seine Mum hineinzuversetzen. *Wenn ich sie wäre, worauf würde ich auf keinen Fall verzichten wollen? Was wäre mir das Allerwichtigste auf der ganzen Welt? Und wofür würde ich nicht zögern, mein Leben herzugeben?*

Plötzlich wusste er es. Weil seine Mum ihm genau das immer und immer wieder gesagt hatte. So wie es vermutlich jede Mutter ihrem Kind sagte. Jack legte die Finger auf die Tastatur und gab *Jacob* ein. Als er die Enter-Taste betätigte, ertönte kein Quäken. Stattdessen wurde der Computer entsperrt. Und Jack war im System.

*

Logan hatte nicht damit gerechnet, die Polizeistation so schnell wieder zu verlassen. Aber nach seiner Frage mit der Atombombe hatte Sheriff Malone plötzlich einen wichtigen Anruf bekommen und keine Zeit mehr und bat seinen Besucher daher zu gehen. Eine Antwort auf die Frage, ob die Polizei von der untergegangenen Jacht wusste, hatte Logan nicht bekommen.

Er warf einen Blick auf die Uhr. Erst in vier Stunden würde er sich mit Jack und Charlotte am Anleger treffen. Was sollte er bis dahin tun? Ins Café setzen und Frozen Joghurts in sich reinschaufeln, bis er Bauchschmerzen bekam? Sicher nicht. Aber in welche Richtung sollte er ermitteln? Wer könnte das Boot noch gesehen haben, außer die Leute von der Strandwacht? Logan überlegte, dass die Jacht, ihrer Lage nach zu urteilen, vermutlich aus Süden gekommen war. Dann hatte sie wahrscheinlich die Florida Keys passiert. Und dabei konnten sie eine Menge Leute gesehen haben. Allerdings gab es in Florida viele Jachten und so groß waren die Unterschiede zwischen ihnen nicht. Außerdem war es gut möglich, dass das Boot nachts unterwegs gewesen war, dann sah man höchstens die Positionslichter. Und anhand derer konnte man unmöglich auf den Schiffstyp schließen.

Der Alien-Mann aus dem Police Departement würde bei Positionslichtern in der Nacht vermutlich sofort an ein Ufo denken, kam es Logan in den Sinn. Aber wenn wirklich eine fliegende Untertasse vor der Küste Miamis gelandet wäre, hätte die vermutlich einen Höllenlärm gemacht. Und den hätte mindestens Mr Lee in seinem Leuchtturm hören müssen.

Logan stutzte. Mr Lee in seinem Leuchtturm – na klar, der könnte die Jacht gesehen haben! Sheriff Malone hatte es ja selbst gesagt: Wenn jemand die Küste im Blick hatte, dann Mr Lee. Sein Leuchtturm stand auf Virginia Key, nur wenige Kilometer von Miami Beach entfernt. Und wenn die Jacht wirklich aus Süden gekommen war, hatte sie den Leuchtturm zu irgendeinem Zeitpunkt passiert. Die Chance, dass Mr Lee sie gesehen hatte, war zwar gering; aber es war immerhin überhaupt eine Chance.

Bis Virginia Key waren es rund zwanzig Kilometer, das konnte Logan mit dem Rad in eineinhalb Stunden schaffen. Einen Versuch war es wert. Er stieg in die Pedale und radelte los.

*

Als Jack das Online-Verzeichnis nach der Jacht durchforstete, wurde ihm schlagartig klar, dass er überhaupt keine Ahnung hatte, um was für einen Typ es sich handelte. Es existierten zahllose Bootsmarken und viele Modelle ähnelten sich so sehr, dass nur ein echter Nerd sie auseinanderhalten konnte. Allerdings war ihm beim Tauchen etwas aufgefallen: In die Steuerkonsole war ein Bildschirm eingebettet. Wofür der gut war, wusste Jack nicht, aber gesehen hatte er so etwas bei anderen Booten noch nie. Mit etwas Glück handelte es sich um eine Sonderanfertigung, die vielleicht im Verzeichnis eingetragen war. Jack suchte gezielt nach Bildschirmen und erhielt ziemlich viele Ergebnisse. Allerdings handelte es sich bei den meisten um Radaranlagen und die sahen anders aus, als der Bildschirm, den Jack gesehen hatte. Deshalb präzisierte er seine Suchanfrage und schloss Radaranlagen aus. Daraufhin erhielt er nur noch drei möglich Kandidaten, von denen einer dem Wrack ziemlich ähnelte: die *Sea Wolf*. Bei dem Monitor handelte es sich tatsächlich um eine Spezialanfertigung: Er war an eine Kamera am Schiffsrumpf angeschlossen, die zur Beobachtung der Unterwasserwelt diente. Der Name des Inhabers fehlte allerdings. Komisch ...

»Daddelst du heimlich?«

Jack hob erschrocken den Kopf. Sein Dad betrat breit grinsend das Büro.

»Äh ... ich ...«, stotterte Jack und versuchte, das Programm unauffällig zu beenden.

Bob Matthews winkte ab. »Ist schon okay. Solltest dich nur nicht von Mum erwischen lassen.« Er zwinkerte seinem Sohn zu und legte einen Stapel Papiere auf seinen Schreibtisch. »Wo ist sie überhaupt?«

»Die ... äh ... ist ... äh ...« stammelte Jack. Schweißtropfen bildeten sich auf seiner Stirn. Er bekam das Programm einfach nicht beendet! »Hub... äh ...schraub ... äh ...«

»Ach ja, richtig, ganz vergessen.« Sein Dad stutzte. »Alles okay?«

»Klar«, antwortete Jack und versuchte, sich seine hektischen Fingerbewegungen nicht anmerken zu lassen.

Bob Matthews zog die Stirn kraus. »Bist du krank?«

»Aber nein, gar nicht.« Jack grinste dämlich.

»Was ist denn das für ein Spiel?«, fragte sein Dad und machte sich auf den Weg, den Schreibtisch zu umrunden. Wenn er sah, was Jack wirklich tat, war es aus und vorbei. Seine Eltern hatten ihm oft genug gepredigt: *Du darfst ruhig mal Blödsinn machen, das tut schließlich jedes Kind. Aber sei immer ehrlich. Vertrauen ist das A und O, ohne das geht nichts.* Und wie ließ sich das Vertrauen der eigenen Eltern nachhaltiger erschüttern, als sich in ihr Büro zu schleichen, das Computer-Passwort zu hacken und in einem geschäftlichen Programm herumzuschnüffeln? Jack glaubte, er müsse sterben.

»Na, dann lass mal sehen«, sagte Bob Matthews und legte seinem Sohn die Hand auf die Schulter.

»Es tut mir leid«, krächzte Jack. »Bitte, Dad, es ist nicht das, wonach es aussieht ...«

»Ist es nicht?«, fragte Mr Matthews überrascht. »Also für mich sieht das aber ziemlich nach Minecraft aus.«

»Aber das ist es nicht«, beeilte sich Jack zu sagen – und stutzte. »Minecraft?« Erst jetzt sah er wieder zum Bildschirm. Tatsächlich: Dort war die Minecraft-Grafik zu sehen. Jack musste bei seinem hektischen Herumgedrücke aus Versehen die Tastenkombination für den Start des Spiels betätigt haben und nun lag die Spielegrafik über dem Bootsregister.

»Spiel ich auch manchmal«, sagte Jacks Dad und ging zur Tür. »Aber nicht Mum verraten, okay?« Damit verließ er das Büro.

Jack wartete, bis sich seine zitternden Hände wieder beruhigt hatten. Dann schloss er erst Minecraft, dann das Verzeichnis. Zuletzt fuhr er den PC herunter. Erst dann ließ er sich in den Stuhl fallen und atmete tief durch.

Geschafft! Sein Herz raste immer noch und sein T-Shirt war durchgeschwitzt. Das war knapp gewesen. Verdammt knapp!

Der schneeweiße Leuchtturm auf Virginia Key war über hundertfünfzig Jahre alt. Ursprünglich errichtet, um Schiffe durch die seichten Gewässer vor den Florida Keys zu leiten, übernahmen diese Aufgabe heutzutage satellitengestützte Navigationsgeräte und machten die Leuchttürme an Floridas Küsten damit überflüssig. Einige von ihnen waren deshalb als Touristenziel oder Hotel hergerichtet, andere von Privatpersonen gekauft worden, um darin zu wohnen.

Albert Lee war einer von ihnen. Der begeisterte Vogelbeobachter hatte mit Anfang vierzig seinen Job aufgegeben, um sich ganz seiner Leidenschaft zu widmen. Ein Jahrzehnt war er daraufhin um die Welt gereist, bevor er auf Maui heiratete und sesshaft wurde. Nicht nur die Vogelwelt der Insel beeindruckte ihn, sondern auch die Mythologie der Ureinwohner, die eine starke Verbindung zur Natur aufwies.

Viele Jahre lebte Mr Lee mit seiner hawaiianischen Frau auf der Insel, bis sie bei einem Unfall ums Leben kam. Die Trauer um den Verlust trieb ihn wieder auf Wanderschaft. Einige Monate später entdeckte er den Leuchtturm auf Virginia Key und kaufte ihn. Das war mittlerweile zehn Jahre her und Mr Lee war ein fester Bestandteil von Miamis Küste geworden. Von der Plattform des Leuchtturms aus beobachtete er Vögel und führte über ihre Wanderungen Buch. Eine wissenschaftliche Ausbildung hatte der mittlerweile Fünfundsiebzigjährige zwar nicht, aber er unterhielt trotzdem Kontakte mit einigen Universitäten und Forschungseinrichtungen, denen er seine Beobachtungen regelmäßig übermittelte.

Jack und Logan kannten Mr Lee, weil er hin und wieder in den Everglades auftauchte, um dort nach bestimmten Vögeln Ausschau zu halten.

Als Logan den Leuchtturm erreichte, war er völlig außer Atem und komplett durchgeschwitzt. Kurzerhand streifte er sein T-Shirt ab und wrang den Schweiß aus, der auf den Boden tropfte und eine vorüberziehende Ameisenkolonne in Aufruhr versetzte. »Mr Lee!«, rief Logan, so laut er konnte.

Der Leuchtturm besaß nämlich leider keine Klingel, weil sich Albert Lee während der Vogelbeobachtung nicht durch schrilles Geläut stören lassen wollte. Das führte dazu, dass seine Besucher brüllen mussten, um auf sich aufmerksam zu machen – was Albert Lee allerdings oft nicht hörte, weil er im Laufe der Jahre etwas schwerhörig geworden war.

»Mr Lee!«, brüllte Logan noch einmal und zog sich das feuchte T-Shirt wieder über. »Ich bin's, Logan Davis! Ich muss mit Ihnen sprechen! Es ist echt wichtig!« Er legte den Kopf in den Nacken und hielt die Hand schützend über die Augen. Auf der Plattform oben im Turm tat sich nichts.

Logan überlegte, wie er da raufkommen sollte. Es waren sicher zehn Meter bis zur Plattform und die Außenmauer des Leuchtturms war glatt und bot keinen Halt. Hochklettern war damit unmöglich. Aber vielleicht konnte er die Palme neben dem Turm erklimmen und von dort aus auf die Aussichtsplattform springen. Von der Höhe her kam es hin. Allerdings stand die Palme rund fünf Meter neben dem Turm. Logan müsste also den Wipfel in Richtung Leuchtturm schwingen und im richtigen Moment abspringen. Eine ziemlich gewagte Angelegenheit – auch für einen wie Logan, der gerne mal ein Risiko einging.

Wieso konnte sich Lee nicht einfach ein Hörgerät kaufen, dachte Logan und fluchte innerlich. Oder wenigstens eine Klingel anschaffen? Er formte die Hände zu einem Trichter und setzte ihn an den Mund. Bevor er sein Leben bei einer waghalsigen Kletterpartie aufs Spiel setzte, wollte er erst noch einmal versuchen, den alten Mann durch Rufen auf sich aufmerksam zu machen. Logan holte tief Luft und brüllte, so laut er konnte: »Mr Leeeeee....!«

»Du musst nicht schreien«, sagte jemand hinter ihm. Logan fuhr herum. Hinter ihm stand Albert Lee, bepackt mit zwei großen Einkaufstüten. »Ich bin doch hier.«

Logan fiel ein Stein vom Herzen. »Hallo, Mr Lee. Ich habe ein paar Fragen an Sie.«

»Na, dann komm mal mit rein«, erwiderte der alte Mann. »Und wenn du mir beim Tragen der Tüten hilfst, gibt es zur Belohnung einen Eistee.«

Zehn Minuten später saß Logan auf der oberen Plattform des Leuchtturms im Liegestuhl und genoss den Ausblick aufs Meer, das sich bis zum Horizont erstreckte. Hier war wirklich ein idealer Ort für Beobachtungen, dachte er.

»So, hier kommt der Eistee.« Mr Lee balancierte zwei große Gläser auf die Plattform. Logan nahm eins entgegen und leerte es in einem Zug. »Echt lecker«, sagte er und stellte das Glas neben sich.

Mr Lee lächelte. »Freut mich. Und wieso wolltest du mich jetzt sprechen?«

»Es geht um ein Boot«, kam Logan ohne Umschweife zur Sache. »Das Sie vielleicht von Ihrem Leuchtturm aus gesehen haben.«

»Und was ist das für ein Boot?«, fragte Mr Lee und machte es sich auf der Liege neben Logan bequem.

»Eine Jacht. Etwa sieben Meter lang, weiß und mit einem Fächerdach über der Brücke. Wahrscheinlich war sie Richtung Norden unterwegs, möglicherweise vor acht bis zehn Tagen. Haben Sie ein Boot gesehen, auf das diese Beschreibung passt?«

»Wir sind in Florida, hier gibt's Hunderte Jachten«, gab Mr Lee zu bedenken. »Und die sehen alle mehr oder weniger so aus wie die in deiner Beschreibung.«

»Ich weiß. Aber diese Jacht hatte etwas Besonderes, das Ihnen vielleicht aufgefallen ist. Der Name war nämlich abgekratzt. Und Sie als Vogelbeobachter haben doch gute Augen. Ist Ihnen ein Boot ohne Namen aufgefallen?«

»Ein abgekratzter Name ist wirklich ungewöhnlich«, murmelte Mr Lee nachdenklich. »Aber nein, tut mir leid. An so etwas kann ich mich nicht erinnern.«

Logan seufzte. Es wäre ja auch zu schön gewesen, um wahr zu sein.

»Aber komisch, dass du sagst, es wäre vor acht bis zehn Tagen gewesen«, fuhr Mr Lee fort. »Da ist nämlich tatsächlich etwas Seltsames passiert. Allerdings hatte es nichts mit einer Jacht zu tun.«

Logan wurde hellhörig. »Und was war das?«

»Ich wurde von einem komischen Geräusch aus dem Schlaf gerissen«, berichtete der alte Mann. »Was es verursachte, weiß ich nicht. Aber ich spürte eine Form der Bedrohung. Ganz deutlich.« Seine Stimme wurde leiser. »Also ging ich raus auf die Plattform, um nachzusehen. Und da war dieses Licht über dem Meer.«

»Eine Positionslampe?«, fragte Logan.

»Dachte ich auch zuerst«, erwiderte Mr Lee. »Aber das Licht tat etwas, das eine Positionslampe niemals zustande bringen würde: Es tanzte.«

Logan stutzte. »Ein tanzendes Licht?«

»Ich weiß, es klingt verrückt«, sagte Mr Lee. »Das Licht sprang hin und her, nach oben und unten. Wie eine Positionslampe im Sturm. In dieser Nacht wehte kein Lüftchen – die See war völlig ruhig. Aber das Licht tanzte trotzdem.«

»War es vielleicht doch ein Boot und jemand hat mit einer Taschenlampe herumgespielt?«, fragte Logan. »Oder zwei Leute haben einen leuchtenden Ball hin und her geworfen?«

»Das ist natürlich möglich«, erwiderte Mr Lee. »Aber dann war es ein Leuchtball, der plötzlich senkrecht nach oben schoss, sicher hundert Meter hoch. Und so hoch kann niemand werfen. Und wozu sollte er das auch tun?

Noch dazu mitten in der Nacht?« Mr Lee schüttelte den Kopf. »Das Licht verharrte einen Augenblick dort oben und stürzte dann herab. Ich hörte Wasser klatschen, dann wurde es still. Und das Licht war verschwunden.«

»Haben Sie das irgendjemandem erzählt?«, fragte Logan.

Mr Lee schüttelte den Kopf. »Nein, das war mir zu gefährlich. Eigentlich hätte ich es nicht mal dir erzählen dürfen. Das wird Kamohoalii nicht gefallen.«

»Kamo ... wer?«, fragte Logan.

»Kamohoalii ist eine Gottheit, die auf Hawaii verehrt wird«, erklärte Mr Lee. »Er soll in einer Höhle in den Tiefen des Meeres vor Maui leben.«

»Also ein Mythos«, sagte Logan.

»Ein Mythos mit einem wahren Kern«, ergänzte Mr Lee.

»Und welcher ist das?«, fragte Logan. »Welche Funktion hat dieser Kamo... äh ...«

»Kamohoalii ist der Schutzgott der Fische«, erwiderte Mr Lee und fügte mit finsterer Stimme hinzu. »Und sein Bote ist ein Hai.«

Logan verließ Albert Lee mit einem mulmigen Gefühl. Eigentlich glaubte er ja nicht an alte Mythen. Aber dass ausgerechnet ein Haigott sein Unwesen treiben sollte, war schon ziemlich merkwürdig. Schließlich war es ein Tigerhai gewesen, der ihn und seine Freunde beim Tauchen am Wrack in Schach gehalten hatte. Gab es da etwa einen Zusammenhang? Oder war es bloß Zufall?

Als Logan die Brücke zum Festland passierte, kam ihm ein offener Militärjeep mit zwei Soldaten in Uniform entgegen. Logan fragte sich, wo die wohl hinwollten, denn auf Virginia Key gab es gar keine Militärbasis. Aber dann schweiften seine Gedanken wieder zum Wrack und Kamohoalii. Was, wenn es ihn doch gab?

Als Logan den Anleger in Homestead erreichte, wartete Jack bereits auf ihn.

»Wie siehst du denn aus?«, wunderte sich der. »Hast du unterwegs dein T-Shirt gewaschen?«

Logan berichtete Jack von seinem Trip nach Virginia Key und Albert Lees Beobachtung.

»Ein Haigott?« Jack knetete sein Kinn. »Wäre es da nicht wahrscheinlicher, dass Mr Lee einfach bloß geträumt hat?«

»Vielleicht«, erwiderte Logan. »Vielleicht aber auch nicht. Wir sollten die Sache auf jeden Fall im Hinterkopf behalten. Und du? Hast du was im Online-Register gefunden?«

»Ja, ein Boot, das dem gesunkenen ziemlich ähnlich sieht. Es heißt *Sea Wolf*. Allerdings war kein Besitzer eingetragen.«

»Und was heißt das?«

»Entweder wurde es vergessen oder der Eintrag wird gerade bearbeitet, zum Beispiel, weil das Boot verkauft wird.« Jack seufzte. »Das hilft uns leider nicht viel weiter.«

»Trotzdem gibt es eine Verbindung«, überlegte Logan. »In beiden Fällen haben wird es mit Tieren zu tun: einem Haigott und einem Seewolf.«

»Das könnte auch Zufall sein«, sagte eine Stimme.

Jack fuhr herum. »Charlotte! Du kommst reichlich spät.«

»War ja auch in Miami«, gab das Mädchen grinsend zurück.

»Und? Hast du was rausgefunden?«

»Erst ihr.«

In kurzen Zügen berichteten Jack und Logan von ihren Ergebnissen. Charlotte lauschte aufmerksam.

»Und Sheriff Malone?«, fragte sie schließlich. »Weiß die Polizei etwas von einem gekenterten Boot?«

»Ich hatte nicht den Eindruck, dass die irgendwelche Hinweise haben«, sagte Logan.

»Jetzt du«, sagte Jack. »Was haben die Rettungsschwimmer gesagt?«

Charlotte zuckte mit den Achseln. »Nichts.«

»Sie haben also nichts gesehen«, seufzte Logan.

»Das weiß ich nicht«, erwiderte Charlotte. »Ich habe sie ja gar nicht befragt.«

»Aber das wolltest du doch«, wunderte sich Jack. »Was hast du denn stattdessen in Miami gemacht?«

Charlotte grinste verschmitzt. »Ich war beim Wrack.«

12

Jack glaubte, sich verhört zu haben. »Du warst ... wo?«

»Ich bin rausgeschwommen und zum Wrack getaucht«, wiederholte Charlotte gelassen. »Und weil ich wusste, dass ihr versucht hättet, mir das auszureden, habe ich behauptet, ich würde die Rettungsschwimmer befragen. Sorry, aber diese kleine Notlüge musste leider sein.«

»Kleine Notlüge?« Logan schnappte nach Luft. »Ich fass es nicht!«

»Wir wurden von einem Hai belauert«, sagte Jack. »Und du schwimmst wieder zum selben Ort raus? Und dann auch noch alleine? Oder hattest du jemanden dabei?«

»Nein, ich war alleine. Und ich hatte auch echt Schiss. Aber es musste sein. Denn als wir gestern tauchen waren, habe ich etwas gesehen.«

»Gesehen?«, fragte Jack neugierig. »Was denn?«

»Einen Gegenstand auf dem Deck. Beim ersten Tauchgang hatte ich ihn gar nicht richtig wahrgenommen. Aber als wir die Kajüte verließen, warf ich noch einen schnellen Blick zu ihm – und da kam er mir irgendwie merkwürdig vor. Leider konnte ich ihn nicht näher in Augenschein nehmen, weil wir ja vor dem Hai flüchten mussten.«

»Wieso hast du uns das nicht gesagt?«, fragte Jack verstimmt. »Wir wären mitgekommen.«

»Wärt ihr nicht«, widersprach Charlotte. »Ihr hättet versucht, es mir auszureden.«

»Damit hast du vermutlich recht«, pflichtete Logan ihr bei. »Ich hätte jedenfalls nicht tatenlos zugesehen, wie du gefressen wirst.«

»War der Tigerhai wieder da?«, fragte Jack.

Charlotte schüttelte den Kopf. »Einmal glaubte ich zwar, einen Schatten zu sehen. Aber den kann ich mir auch nur eingebildet haben.«

»Und der Gegenstand«, fragte Logan. »Hast du ihn wiedergefunden?«

»Ja, und ich habe ihn mitgebracht.« Charlotte kramte ein faustgroßes Stück durchsichtigen Plastiks hervor. Auf einer Seite wies es eine Wölbung auf, auf der anderen war es offen.

»Sieht wie die Hälfte einer Plastikkugel aus«, sagte Jack.

»Vielleicht irgendwas zum Basteln«, mutmaßte Logan. »Oder Teil einer Verpackung.«

»Könnte auch eine Schutzkappe sein«, überlegte Jack. »Um etwas vor Wasser zu schützen. Das wäre naheliegend, schließlich hast du es ja auf der Jacht gefunden.«

»Aber wie soll uns das weiterhelfen?«, fragte Logan.

»Das weiß ich noch nicht genau«, sagte Charlotte. »Aber da wir sonst nichts auf der Jacht gefunden haben, dachte ich, vielleicht könnte das ein Hinweis ein.«

»Hinweis worauf?«, fragte Jack. »Da wir nicht wissen, woher das Stück stammt, hilft es uns auch nicht weiter.« Er seufzte. »Wir haben nichts, gar nichts.«

Charlotte hob erstaunt die Brauen. »Wir haben jede Menge! Wenn ich zusammenfassen darf: Vor acht oder neun Nächten tanzte ein Licht über dem Meer vor Virginia Key, von dem Mr Lee glaubt, es könnte der Haigott Kamusoundso gewesen sein. Möglicherweise handelte es sich aber auch um die Jacht, deren Wrack wir gefunden haben und die irgendein seltsames Manöver ausgeführt hat, bei dem eine merkwürdige Lichtquelle zum Einsatz kam. Bei dem Wrack wiederum könnte es sich um die *Sea Wolf* handeln. Wir haben also mehrere Ansatzpunkte: Erstens sollten wir herausfinden, wem die *Sea Wolf* gehört, dann können wir den Eigentümer selbst befragen. Vielleicht gibt es ja außer Drogenschmuggel noch eine andere plausible Erklärung, warum sein Boot gesunken ist und auf dem Meeresgrund liegt. Zweitens können wir weitere Küstenbewohner fragen, ob auch sie seltsame Lichter in der betreffenden Nacht gesehen haben. Und drittens sollten wir herausfinden, wozu man das Teil benötigt, das ich an Bord der Jacht gefunden habe.«

Logan nickte. »Du hast recht, damit können wir arbeiten. Aber für heute machen wir Schluss. Jetzt müssen wir erst mal zurück nach Devils Horn, es ist schon ziemlich spät. Hausaufgaben habe ich auch noch nicht gemacht. Und wenn meine Mum rausfindet, was wir hier treiben, war's das mit der freien Zeit.«

»Nach außen hin sollten wir auf jeden Fall so tun, als wäre nichts«, fügte Jack hinzu. »Damit haben wir die besten Chancen, mehr herauszufinden.«

»Dann machen wir also einen auf brave Kinder«, fasste Charlotte die Vorschläge zusammen. »Das sollte uns nicht schwerfallen.« Sie grinste.

Logan fand die Wildtier-Station verlassen vor, was aber nicht weiter ungewöhnlich war. Als Rangerin und Chefin von *Wild Claws* wurde Sarah Davis immer dann gerufen, wenn es Probleme mit Tieren in und außerhalb des Nationalparks gab. Beispielsweise verirrten sich nach starken Regenfällen immer mal wieder Alligatoren in Swimmingpools, die es dann zu bergen galt. Und Touristen verloren regelmäßig die Orientierung, wenn sie den vorgeschriebenen Pfad auf eigene Faust verließen, um *die Wildnis zu erkunden.* Dann mussten Sarah und die Wildhüter Basil und Tramp los, um nach den Vermissten zu suchen.

Als Logan weder seine Mum noch die beiden Wildhüter in der Station vorfand, nahm er deshalb an, dass sie zu einem Einsatz gerufen worden waren. Normalerweise hinterließ Sarah ihrem Sohn in solchen Fällen eine Nachricht. Aber falls es sich um einen Notfall gehandelt hatte, war vielleicht keine Zeit geblieben.

Deshalb ging Logan in die Küche und schmierte sich erst mal ein Erdnussbutterbrot – wobei das Brot lediglich als Unterlage für die Erdnussbutter diente. Logan liebte Erdnussbutter. Manchmal träumte er sogar davon, einen eigenen Erdnussbutter-Badesee zu besitzen, in dem er jeden Morgen mit offenem Mund seine Bahnen zog. Herrlich!

Mit dem Brot in der Hand schlenderte er Richtung Wohnzimmer, um ein bisschen durch die Fernsehprogramme zu zappen. Er musste zwar noch Hausaufgaben machen, aber es gab da diese neue Serie mit einer sprechenden Luftmatratze, die wollte er sich nicht entgehen lassen.

Also schnappte er sich die Fernbedienung, schaltete die Glotze ein und ließ sich aufs Sofa plumpsen. Genüsslich biss er in seinen Erdnussbuttertraum. Dann fiel ihm der Schlüssel auf dem Wohnzimmertisch auf. Er gehörte Sarah. War sie also doch zu Hause?

»Mum?« Logan stellte den Teller mit dem angebissenen Brot auf dem Tisch ab und stellte den Ton leiser. »Mum!« Keine Antwort.

Logan kroch ein ungutes Gefühl in den Nacken. Seine Mum verließ das Haus nie ohne ihren Schlüsselbund. Schließlich waren die Schlüssel für das Propellerboot und den Pick-up der Station daran befestigt. Wenn der Schlüsselbund hier war, musste es Sarah auch sein.

Logan schaltete den Fernseher aus und suchte das Haus ab – ganz systematisch. Aber seine Mum fand er nicht. Er zog sein Handy aus der Tasche und wählte ihre Nummer. Aber es meldete sich bloß die Mailbox.

Beunruhigt verließ Logan das Haus und ging hinüber zum Anleger. Zwei Rangerboote lagen dort vertäut, das dritte fehlte. War Sarah mit den beiden Wildhütern unterwegs? Aber wieso nahm sie dann nicht ihren Schlüssel mit? Und hatte Basil nicht erzählt, dass er und Tramp einen alten Freund besuchen wollten? Damit hatte Sarah nichts zu tun. Sie hatte also keinen Grund, mit ihnen nach Homestead zu fahren, zumal auch der Pick-up auf dem

Parkplatz stand. Alles deutete darauf hin, dass Sarah noch hier war.

Vielleicht hielt sie sich in einem der Nachbarhäuser auf. Außer Jacks Familie lebte noch ein gutes Dutzend weiterer Leute in Devils Horn. Die hätte Logan rasch abgeklappert. Er wollte gerade lossprinten, als ein flackerndes Licht seine Aufmerksamkeit auf sich zog. Es kam aus dem Gästehaus, in dem David Thornton untergebracht war. War seine Mum vielleicht bei ihm? Schließlich war nicht zu übersehen gewesen, dass sie auf den attraktiven Haiforscher abgefahren war. Das würde das flackernde Kerzenlicht erklären ... das plötzlich erlosch. Jetzt war das Gästehaus komplett dunkel. Und das ungute Gefühl in Logan wuchs. Ihm fiel das große Messer ein, mit dem Thornton am Abend zuvor den Braten angeschnitten hatte. Der Kerl hatte Übung im Umgang mit Waffen – genau wie der Mörder in dem Buch auf Logans Nachttisch. Erst bezirzte er seine Opfer, und wenn die Frauen seinem Charme erlagen und mit ihm nach Hause gingen ...

Logan rannte los. Was auch immer in dem Gästehaus geschah: Er konnte nur hoffen, dass er nicht zu spät kam. Mit Schwung stieß er die Haustür auf, sprintete durch den kleinen Flur und stürmte ins Wohnzimmer. Im selben Augenblick schrie seine Mum auf. Ein Schatten erhob sich vom Sofa. Logan warf sich auf ihn. »Hände weg von meiner Mum!«

»Hey!«, rief eine männliche Stimme.

»Logan!« Und das war Sarah.

»Lauf weg, Mum. Ich mach den Typen fertig!« Wie von Sinnen schlug Logan auf den Schatten ein.

»Hör auf«, rief seine Mum. »Sofort!«

Das Licht wurde eingeschaltet. Sarah stand am Schalter neben der Tür.

»Was soll denn das?«, schimpfte sie. »Was ist nur in dich gefahren?«

»Ich …«, begann Logan, aber er konnte keinen klaren Gedanken fassen. Seine Mum wirkte nicht so, als wäre sie gerade mit einem Messer bedroht worden.

»Ist schon okay«, sagte Thornton. »Ich schätze mal, dein Sohn hat ein gefährliches Tier vermutet. Was ja nicht ungewöhnlich wäre, hier im Nationalpark.« Er warf Logan einen aufmunternden Blick zu. »Du wolltest doch bestimmt nur helfen, stimmt's?« Logan nickte.

»Trotzdem stürmt man nicht ins Haus eines Gastes«, schimpfte Sarah. »Dir und deinen Freunden ist euer Erfolg wohl zu Kopf gestiegen und jetzt haltet ihr euch für Superhelden oder so.« Ihr Gesicht verfinsterte sich. »Aber das seid ihr nicht. Also lasst den Blödsinn. Sonst geschieht noch ein Unglück.«

*

Zur Strafe schickte Sarah ihren Sohn ohne Abendessen ins Bett. Zum Glück hatte Logan ja schon ein halbes Erdnussbutterbrot gegessen. Außerdem befanden sich im Geheimfach in seinem Zimmer noch zwei Schokoriegel und eine Limo. Mit diesem Proviant kletterte er aus dem Fenster und schlich zum Anlegesteg. Dort ließ er sich nieder und betrachtete den Sonnenuntergang.

»Was dagegen, wenn ich mich dazusetze?«, fragte eine

Stimme. David Thornton stand am Steg, eine Dose in der Hand. »Ich wollte mein Bier hier draußen trinken. Aber ich will dich natürlich nicht stören.«

»Sie stören nicht«, gab Logan achselzuckend zurück. Thornton setzte sich neben ihn und öffnete die Dose.

»Auch einen Schluck?«, fragte er.

»Äh, ich darf noch kein Bier«, gab Logan irritiert zurück.

Thornton nickte. »Dachte nur, nach dem Schrecken könntest du eine kleine Beruhigung gebrauchen. Aber du hast ja Limo. Das geht natürlich auch. Na dann: Prost!«

Sie stießen an und Thornton nahm einen tiefen Schluck.

»Tolle Natur habt ihr hier«, sagte er. »Willst bestimmt, dass das so bleibt.«

»Klar.« Logan sah ihn verwundert an.

»Deshalb passt du auch so auf deine Mum auf, was? Hast sicher keine Lust, dass irgendein dahergelaufener Typ ihr schöne Augen macht und alles in Unruhe versetzt. Aber keine Sorge: Ich bin in festen Händen. Schon seit Langem.«

In Logans Kopf schwirrten die Gedanken umher. »Und wieso sitzen Sie dann mit Mum ... auf dem Sofa ... bei Kerzenlicht ...«

Thornton nahm einen weiteren Schluck Bier und stellte die Dose dann neben sich.

»Sarah mag mich«, sagte er. »Das war schon früher an der Uni so. Sie hat wohl gedacht, sie kann die alten Zeiten wieder aufleben lassen. Und dabei ist sie ein bisschen übers Ziel hinausgeschossen. Als ich ihr sagen wollte, dass ich schon vergeben bin, hat sie die Kerze ausgeblasen. Dann bist du ins Gästehaus gestürmt.«

»Das heißt, sie weiß es noch gar nicht?«

»Nein. Und bei so etwas muss man sehr vorsichtig sein. Wenn Sarah erfährt, dass sie keine Chance bei mir hat, macht sie das vielleicht traurig. Es ist nämlich nicht schön, abgewiesen zu werden. Deshalb wollte ich es ihr vorsichtig beibringen ...«

»Und ich hab's versaut«, seufzte Logan. »Tut mir leid.«

»Das konntest du ja nicht wissen.« Thornton legte Logan eine Hand auf die Schulter. »Mach dir keine Sorgen, ich werde mit deiner Mum darüber reden, gleich morgen. Dann ist die Sache ein für alle Mal geklärt.«

Logan fiel ein Stein vom Herzen. »Danke.« Sein Blick fiel auf die Dose Bier. »Vielleicht kann ich doch mal einen Schluck probieren?«

»Ist leider alle«, erwiderte Thornton. »Nächstes Mal. Aber eine Frage habe ich noch: Was meinte deine Mum, als sie sagte, du und deine Freunde solltet nichts Unüberlegtes tun? Und was hat es damit auf sich, dass ihr euch für Helden haltet?«

Logan berichtete Thornton in knappen Worten von den spektakulären Fällen, die Jack, Charlotte und er in den vergangenen Wochen gelöst hatten. Beide Male waren die drei Freunde in Lebensgefahr geraten. Deshalb wollten ihre Eltern nicht, dass sie sich in weitere Abenteuer stürzten.

»Und daran haltet ihr euch?«, fragte Thornton leicht verwundert.

Logan verstand nicht. »Wie meinen Sie das?«

Der Haiforscher lachte auf. »Wusste ich's doch! Ihr seid bestimmt wieder auf einer neuen Fährte, was? Abenteurer wie ihr haben doch immer was am Laufen. Was ist es diesmal? Ein Schiffswrack mit einem Schatz?«

Logan starrte ihn mit offenem Mund an. »Woher wissen Sie das?«

Thornton zog den Haizahn aus der Tasche, den Logan auf dem Rumpf des Wracks gefunden hatte.

»Den hast du vorhin verloren, als du deine Mum retten wolltest«, sagte er. »Ich habe mich gefragt, wieso du so was mit dir rumschleppst. Einen Talisman würde man ja wohl eher um den Hals tragen. Deshalb kam mir die Idee, dass du den Zahn vielleicht während eures Miami-Trips beim Schnorcheln gefunden hast.«

Logan nickte. »Das stimmt.«

»Also habt ihr wirklich ein Wrack entdeckt?«, fragte Thornton und sein Blick verriet Neugierde.

»Ja, haben wir«, bestätigte Logan. »Aber kein antikes. Also ist vermutlich auch kein Schatz an Bord.« Dann erzählte er von der Jacht und dem merkwürdigen Verhalten des Tigerhais. »Stammt der Zahn vielleicht von ihm?«, endete er schließlich.

Thornton schüttelte den Kopf. »Nein, der ist von einem Weißen Hai.«

Logan schluckte. »Sie meinen, da schwimmt vielleicht ein Weißer Hai vor der Küste Miamis herum?«

»Das weiß ich nicht«, antwortete Thornton. »Aber dieser Zahn hier ist nicht frisch. Sieh mal die beiden Löcher an der Seite.«

»Ja, die sind mir auch schon aufgefallen«, sagte Logan. »Woher stammen die?«

»Ich schätze, da war eine Kette oder ein Band durchgezogen«, sagte Thornton. »Der Zahn war also ein Anhänger. Vielleicht vom Besitzer der Jacht.« Er reichte Logan den Zahn zurück. »Das Verhalten des Tigerhais macht mich allerdings stutzig. Es klingt so, als wäre er irgendwie angelockt worden.«

»Jack meinte, dass es vielleicht an ihm lag, weil er einen komischen Geruch an sich hatte.«

»Das ist natürlich möglich, Haie haben eine feine Nase. Hattet ihr kurz vor eurem Tauchgang Kontakt mit toten Fischen?«

»Nein, und wir haben auch keine gejagt.« Logan und Jack wussten natürlich, dass der Geruch von toten oder die hektischen Bewegungen von verletzten Fischen eine magische Anziehungskraft auf Haie ausübten. Deshalb sind neben Surfern Speerfischer die häufigsten Opfer von Haiattacken.

»Das macht mich neugierig«, sagte Thornton. »Wenn es kein Zufall war, dass der Tigerhai so reagiert hat, könnte der Grund für sein Verhalten im Meer liegen, vielleicht sogar am Wrack.«

»Sie meinen, es könnte gefährlich werden?« Logan wurde unruhig, denn er und seine Freunde hatten die Behörden nicht informiert. Was, wenn ein Schwimmer von einem Hai angegriffen oder sogar getötet wurde?

»So weit würde ich nicht gehen«, gab Thornton nachdenklich zurück. »Zumindest noch nicht. Wenn ich mir das mal ansehen würde, könnte ich vermutlich mehr sagen.«

»Das würden Sie machen?«, fragte Logan. »Obwohl dort ein Tigerhai herumschwimmt?«

»Haie sind mein Beruf«, erwiderte Thornton. »Ich kenne sie und weiß, wie man sich ihnen gegenüber verhalten muss, um sie nicht zu provozieren. Allerdings müsste ich natürlich wissen, wo das Wrack liegt.«

»Das kann ich Ihnen erklären«, sagte Logan.

»Das würdest du tun?«, fragte Thornton. »Obwohl ihr es eigentlich für euch behalten wolltet?«

»Sie wissen ja eh vom Wrack«, sagte Logan. »Dann kann ich Ihnen auch verraten, wo es liegt. Ich habe die exakten Koordinaten in meiner GPS-Uhr abgespeichert.«

»Klingt gut«, sagte Thornton und nickte. »Ich mache dir einen Vorschlag. Wir behalten die Sache erst einmal für uns und ich sehe mir das morgen an. Vielleicht ist dort gar nichts, was die Tiere anlockt, und der Tigerhai war bloß durch Zufall dort und hat sich längst ins Meer zurückgezogen. Bevor wir die Leute in Aufregung versetzen und ihr eure Entdeckung preisgeben müsst, checke ich die Lage. Was hältst du davon?«

Logan war baff. »Das wäre super!«

»Allerdings fände ich es gut, wenn du deinen Freunden auch nichts sagst. Geht ja schließlich bloß um einen Tag. Und sie sollen nicht grundlos sauer auf dich sein, oder?«

»Klingt gut. Wir warten also ab, was Sie herausfinden.«

»Abgemacht.« Thornton hob seine Hand und Logan gab ihm High Five.

»Darf ich noch was fragen?«, sagte Logan.

»Alles, was du willst.«

»Haben Sie wirklich eine Narbe von einem Haiangriff?«

Thornton grinste. »Willst du sie mal sehen?«

Wie vereinbart erzählte Logan seinen Freunden nichts von Thorntons Plan. Ganz wohl war ihm mit dieser Entscheidung zwar nicht, aber vielleicht hatte der Haiforscher ja recht und es war wirklich besser, die Pferde nicht scheu zu machen. Stattdessen fuhren er, Jack und Charlotte nach der Schule mit dem Bus nach Miami. Logan und Jack wollten Albert Lees Nachbarn nach dem tanzenden Licht befragen, Charlotte wollte herausfinden, worum es sich bei dem durchsichtigen Plastikteil handelte, das sie an Bord des Wracks gefunden hatte.

»Versuch's doch mal im Baumarkt«, schlug Logan vor. »Vielleicht gehört es ja zu einer elektrischen Säge oder einer Bohrmaschine.«

»Und falls nicht, haben die Mitarbeiter vielleicht eine Idee, woher es stammen könnte« sagte Jack.

»Dann bis später«, sagte Charlotte und machte sich auf den Weg.

Jack und Logan klapperten indessen Albert Lees Nachbarschaft auf Virginia Key ab. Aber niemand hatte etwas gesehen oder gehört. Einige äußerten den Verdacht, Mr Lee könnte sich das Licht nur eingebildet haben; immerhin würde er seit vielen Jahren alleine in dem Leuchtturm wohnen und da würde man wahrscheinlich zwangsläufig ein bisschen seltsam werden.

»Glaubst du das?«, fragte Jack, als sie mehr als zwei Dutzend Leute befragt hatten. »Hat Mr Lee sich das nur eingebildet und wir vergeuden hier unsere Zeit?«

Logan zuckte mit den Achseln. »Keine Ahnung. Aber nur weil man alt ist, heißt das ja noch lange nicht, dass man nicht mehr klar denken kann. Ich sage nur: Mrs Carwinkle.«

Die alte Dame lebte seit vierzig Jahren in den Everglades und viele hielten sie für verrückt. Als sie eines Tages von einem Wendigo erzählte, der die Gegend um ihr Haus unsicher machte, glaubte sogar Logans Mum, dass Mrs Carwinkle durchgedreht wäre. Aber das stimmte nicht, denn es war wirklich jemand um ihr Haus geschlichen – nur kein Wendigo, sondern ein Wilderer, dem die drei Freunde nach einem aufregenden Abenteuer schließlich das Handwerk legen konnten.

»Trotzdem hilft uns das nicht weiter«, stöhnte Jack. »Wir haben jetzt so viele Leute befragt ...«

»Ach, du grüne Neune!«, unterbrach ihn Logan. »Sieh mal.«

Er zeigte zur Brücke, die zum Festland führte. Ein offener Jeep mit Tarnfarbenbemalung kam nach Virginia Key gefahren. Zwei Männer saßen in ihm.

»Derselbe Wagen mit denselben Typen ist mir gestern begegnet, nachdem ich bei Mr Lee war«, erklärte Logan.

»Die stammen vermutlich von irgendeinem Stützpunkt«, vermutete Jack.

»Welche militärischen Stützpunkte kennst du denn, die hier in der Nähe sind?«, fragte Logan.

Jack fiel keiner ein. Der Jeep verließ die Brücke und hielt am Leuchtturm. Die beiden Männer stiegen aus.

»Die wollen zu Mr Lee«, sagte Logan.

Sie beobachteten, wie der alte Mann die Uniformierten anraunzte und ihnen dann die Tür vor der Nase zuschlug. Die beiden Männer wirkten einen Moment lang unschlüssig. Dann gingen sie zurück zu ihrem Wagen und fuhren davon.

Logan und Jack radelten zum Leuchtturm und riefen nach Mr Lee.

»Was wollten die beiden Männer?«, fragte Logan.

»Die Aufzeichnung der Webcam haben«, erwiderte Mr Lee. »Aber ich habe ihnen gesagt, sie sollen sich zum Teufel scheren.«

»Von welcher Webcam sprechen Sie?«, fragte Jack.

»Na, von der da oben.« Mr Lee zeigte zur Plattform hinauf, an deren Unterseite eine Kamera befestigt war.

»Sie haben eine Webcam, die aufs Meer gerichtet ist?«, fragte Logan überrascht. »Wieso haben Sie mir das nicht gesagt, als ich fragte, ob Sie etwas gesehen haben?«

»Weil's nichts bringt«, erwiderte Mr Lee. »Die Kamera ist zwar vierundzwanzig Stunden am Tag online, aber zeichnet nicht auf. Die habe ich mal für Leute installiert, die wissen wollen, wie das aktuelle Wetter ist. Dachte, das könnte auch ein paar Leute für Vogelbeobachtungen interessieren. Tat's aber nicht.«

»Haben Sie das den beiden Typen im Jeep auch erzählt?«, fragte Jack.

»Nein, denen habe ich nichts gesagt. Nur, dass sie verschwinden sollen.« Sein Gesichtsausdruck verdüsterte sich. »Denn die Uniformen der Typen habe ich noch nie gesehen. Ich glaube nicht, dass die echt sind. Und das bedeutet, dass diese beiden Möchtegern-Soldaten Kriminelle sind.«

*

»Entschuldigung!«

Der Mann im weißen Kittel und mit der Glatze drehte sich um und starrte Charlotte an, als wäre sie ein Alien von einem anderen Stern. »Meinst du mich?«

»Ja, Sie.« Charlotte ging zu ihm. »Ich habe eine Frage.« Sie zog die Plastikkuppel aus der Tasche und zeigte sie dem Mann. »Das habe ich gefunden und weiß, dass ich es irgendwo schon mal gesehen habe. Ich kann mich nur nicht mehr daran erinnern, wo. Wissen Sie, von welchem Gerät oder welcher Maschine es stammen könnte?«

Charlotte streckte dem Mann das Fundstück entgegen, aber er machte keine Anstalten, es entgegenzunehmen. Stattdessen sah er sie weiterhin an, als habe sie einen mittelschweren Dachschaden.

»Könnte es von einer Stichsäge stammen?«, versuchte Charlotte ihrem Gegenüber auf die Sprünge zu helfen. »Oder einem Akkuschrauber? Oder bin ich da auf dem völlig falschen Dampfer, Mr …« Sie suchte nach dem Namensschild auf dem Kittel des Mannes, konnte aber keins entdecken. Offenbar war der Kerl nicht nur maulfaul, sondern auch vergesslich.

Charlotte unternahm einen weiteren Versuch. »Arbeitet bei Ihnen vielleicht ein Mitarbeiter mit Fantasie, der eine Idee haben könnte, worum es sich handelt?« Die Frage war nicht besonders nett, schließlich unterstellte Charlotte dem Mann mangelndes Vorstellungsvermögen. Sie hoffte, ihn damit zu einer Reaktion zu bewegen, aber Fehlanzeige: Der Kerl glotzte einfach weiter. Deshalb winkte Charlotte schließlich ab, drehte sich um und suchte nach einem anderen Mitarbeiter.

»Von einer Maschine stammt das nicht«, sagte der Mann in der Elektroabteilung. *Bailey* stand auf seinem Namensschild. »Jedenfalls von keiner aus meiner Abteilung.« Er runzelte die Stirn. »Ehrlich gesagt könnte das von allem Möglichen sein: einer Haushaltsmaschine, einem Fahrzeug oder einem Spielzeug. Vielleicht ist es auch von einem Modellauto abgebrochen.«

»Oder einem Modellboot?«, fragte Charlotte neugierig.

»Auch möglich. Aber ohne einen konkreten Hinweis wird es schwer werden, das herauszufinden.« Er reichte Charlotte die Plastikkuppel zurück. »Tut mir leid, aber ich fürchte, da wirst du eine ziemlich lange Suche vor dir haben.«

»Trotzdem danke«, sagte Charlotte und steckte das Bruchstück wieder ein. »Sie haben mir jedenfalls mehr geholfen als Ihr Mitarbeiter mit der Glatze.«

»Glatze?«, fragte Mr Bailey.

»Ich würde Ihnen ja seinen Namen nennen, aber er trug nicht mal ein Namensschild.« Charlotte winkte ab. »Vielleicht hat er einfach einen schlechten Tag. Ich will ihn nicht anschwärzen oder so ...«

»Ich würde ihn ja gerne darauf ansprechen«, erwiderte

Mr Bailey. »Aber bei uns arbeitet niemand mit einer Glatze. Du musst dich irren.«

Als Charlotte das Geschäft verlassen wollte, stand der Glatzkopf an der Kasse und bezahlte gerade seinen Einkauf. Erst da dämmerte es ihr, dass er gar nicht hier arbeitete. Sie hatte es bloß angenommen, weil er einen weißen Kittel trug – der sich bei näherem Hinsehen als zu groß geratenes Jackett entpuppte.

Mit hochrotem Kopf drückte sie sich an ihm vorbei. Gott, war das peinlich! Also weiter im Programm. Charlotte machte sich auf den Weg zum nächsten Baumarkt.

*

»Wieso geben die sich als Soldaten aus?«, fragte Logan verwundert.

»Wir wissen nicht, ob sie nur so tun«, erwiderte Jack. »Vielleicht kennt sich Mr Lee auch einfach nicht so gut aus, wie er glaubt.«

»Und falls doch?«

»Dann stellt sich die Frage, wonach sie suchen.«

»Nach dem tanzenden Licht«, sagte Logan. »So wie wir.«

»Alles Spekulation«, stellte Jack klar. »Genau wie die Vermutung, dass das Licht etwas mit dem Wrack zu tun hat. Das wissen wir nicht.«

»Aber komisch ist diese Häufung seltsamer Vorkommnisse schon«, sagte Logan. »Das Wrack, ein tanzendes Licht, Fake-Soldaten.« Er runzelte die Stirn. »Erinnerst du dich an die offene Lenzpumpe?«

»Ja klar. Was ist damit?«

Logan holte einen Block aus seiner Tasche und zog einen geraden Strich darauf.

»Das ist die Küste von Miami Beach. Nach der Lage der Jacht zu urteilen, kam sie aus Richtung Süden, also von hier.« Er machte ein Kreuz am unteren Teil des Blattes. »Der Leuchtturm von Mr Lee steht weiter nördlich, etwa hier.« Logan zeichnete den Leuchtturm ein. »Die Jacht kommt also aus Richtung Süden und auf Höhe des Leuchtturms geschieht etwas Unerwartetes – nennen wir es mal *tanzendes Licht.* Der Bootsführer gerät in Panik, öffnet die Lenzpumpe und springt von Bord. Wasser fließt ins Boot, aber der Motor läuft weiter. Deshalb tuckert die Jacht weiter Richtung Norden, bis zu der Stelle, an der wir sie gefunden haben.«

Jack nickte. »Könnte hinkommen. Aber was ist mit den Schiffspapieren und dem abgekratzten Namen?«

»Der Name wurde schon vorher entfernt. Und Papiere hatte derjenige, der das Boot gefahren hat, gar nicht erst dabei.«

»Weil er illegal unterwegs war«, schlussfolgerte Jack. »Also ein Schmuggler.«

»Und die Typen in Uniform sind hinter ihm her«, fügte Logan hinzu.

»Und was wurde geschmuggelt? Ich habe an Bord nichts entdecken können, was auch nur entfernt an heiße Ware erinnert hätte.«

»Wir haben ja auch nicht die komplette Jacht durchsucht«, gab Logan zu bedenken. »Wahrscheinlich befindet sich das Zeug irgendwo im Rumpf, unterhalb der Kajüte. Und vermutlich ist es noch an Bord.«

»Wie kommst du darauf?«

»Aus zwei Gründen: Erstens weiß der Besitzer der Jacht vermutlich selber nicht, wo genau sein Boot gekentert ist. Und zweitens würden die Fake-Soldaten nicht nach dem Kerl suchen, wenn sie die Schmuggelware bereits hätten.«

»Vielleicht hat er sie sich auch unter den Nagel gerissen und ist abgehauen«, sagte Jack. »Und er hat das Boot kentern lassen, um alle Spuren zu verwischen.« Er stöhnte auf. »Wir sollten Sheriff Malone Bescheid geben. Egal, welche Version stimmt: Hier ist eine ziemlich kriminelle Sache im Gange.«

Logan nickte. »Die Frage ist nur ...« Er verstummte.

»Was ist los?«, fragte Jack.

Statt zu antworten, wies Logan zum Ende der Brücke, wo gerade der Jeep mit den beiden Soldaten vorüberfuhr.

Drei Baumärkte, zwei Geschäfte für Campingbedarf und einen Angelladen später war Charlotte noch immer nicht weitergekommen. Zwar hatte der ein oder andere Verkäufer eine Idee, worum es sich bei dem Stück Plastik handeln konnte. Aber wenn sie dann in ihrem Sortiment nachsahen, bestätigte sich der Verdacht nicht. Zuletzt hatte Charlotte sogar eine kleine Werft aufgesucht, auf deren Gelände mehrere Jachten repariert wurden, die dem Wrack ähnelten. Aber auch die Werftmitarbeiter winkten ab: Zum Equipment eines Boots passte das Bruchstück nicht.

Charlotte legte eine Pause bei *Salvatore* ein, kaufte sich eine Portion Pommes mit Ketchup und Mayo und ließ sich auf einer Bank nieder. Während sie sich die frittierten Kartoffeln in den Mund schob, arbeiteten ihre grauen Zellen weiter.

Es gab natürlich auch die Möglichkeit, dass die Plastikkuppel gar nichts mit dem Boot und seinem Eigentümer zu tun hatte, sondern von der Strömung auf die Jacht geschwemmt worden war. Vermutlich war es an der Zeit, sich einzugestehen, dass ihr Fund keinen brauchbaren Ansatz für weitere Ermittlungen abgab. Die Spur führte ins Leere. Schade um die vergeudete Zeit.

Charlotte vernaschte die letzten Pommes frites und entsorgte die leere Tüte im Papierkorb – als sie auf der gegenüberliegenden Straßenseite einen kleinen, unscheinbaren Laden entdeckte, auf dessen Schaufensterscheibe ein Segelboot klebte. *McRorys Modellbaushop* verkündete der Schriftzug unter dem Boot. Hatte nicht der Verkäufer in einem der Baumärkte gesagt, dass die Plastikkuppel von einem Modellauto stammen könnte? Charlotte hatte zwar keine Ahnung, was ein Spielzeugauto auf einer Jacht zu suchen hatte, aber einen Versuch war es wert. Mit langen Schritten ging sie los.

*

So schnell sie konnten, rasten Jack und Logan mit ihren Rädern über die Brücke. Sie entdeckten den Jeep etwa hundert Meter weiter auf einem Parkplatz, wo der Beifahrer gerade telefonierte.

»Und was machen wir jetzt?«, fragte Jack außer Atem.

»Na, was wohl«, japste Logan. »Wir verfolgen sie und checken ab, was sie tun.«

Jack schüttelte den Kopf. »Vor ein paar Minuten haben wir noch überlegt, dass unter den Uniformen wahrscheinlich skrupellose Drogendealer stecken und wir die Sache der Polizei überlassen – und jetzt willst du sie verfolgen? Vergiss es!«

»Wir geben Malone Bescheid, sobald wir Zeit dafür haben«, sagte Logan. »Aber wenn wir die Typen jetzt aus den Augen verlieren, hat die Polizei vielleicht keine Chance, sie je zu schnappen.«

Der Beifahrer beendete sein Gespräch und gab dem Mann neben sich eine kurze Anweisung, worauf dieser den Motor anließ.

»Die haben bestimmt einen Tipp bekommen, wo sie den flüchtigen Typen finden«, sagte Logan. »Da können Malone und seine Leute sie auf frischer Tat ertappen. Aber dafür müssen wir sie im Auge behalten!«

Der Jeep kam näher. Schließlich setzte der Fahrer den Blinker und hielt an einer Ampel.

»Also, was ist jetzt?«, fragte Logan ungeduldig.

»Ich weiß nicht«, murmelte Jack.

»Dann lass es eben«, schimpfte Logan.

Die Ampel sprang auf Grün, der Jeep fuhr los. Logan nahm die Verfolgung auf.

»Logan!«, rief Jack ihm nach. Aber sein Kumpel hörte nicht. Und Jack wurde klar, dass Logan recht hatte: Es war eine einmalige Gelegenheit. Also wischte er seine Zweifel beiseite und folgte seinem Freund.

*

Charlottes Hoffnung verflog, nachdem der Besitzer des Shops das Bruchstück ausgiebig studiert hatte.

»Ich kenne mich ganz gut mit Modellbausätzen aus. Aber so etwas habe ich noch nicht gesehen.« Er schob sein Käppi in den Nacken und kratzte sich an der Stirn. »Allerdings gibt es zahllose Modellbausätze, die kenne ich natürlich nicht alle. Und manche Hobbybastler bauen ihre

Modelle selber und fertigen jedes einzelne Teil von Hand an. In so einem Fall gibt es kaum eine Chance, den Besitzer zu finden – weil das betreffende Modell vielleicht nur ein einziges Mal existiert.« Er reichte Charlotte das Fundstück zurück. »Tut mir leid, ich hätte dir gerne geholfen. Aber mehr fällt mir dazu leider nicht ein.«

»Trotzdem danke«, sagte Charlotte.

Zurück auf der Straße warf sie die Plastikkuppel frustiert in den nächstbesten Mülleimer. Es war eine falsche Fährte gewesen, die sie viel Zeit gekostet hatte. Aber immerhin hatte sie ihre Angst überwunden, als sie alleine zum Wrack hinausgeschwommen war. Zumindest ein kleiner Trost ...

»Hey!« Charlotte drehte sich um. Der Besitzer des Modellbaushops winkte sie zu sich.

»Habe ich was vergessen?«, fragte Charlotte, als sie den Laden erreichte.

Der Inhaber schüttelte den Kopf. »Nein, aber mir ist etwas eingefallen. Sieh mal hier.«

Er reichte Charlotte ein Blatt Papier, das an den Ecken mit Klebestreifen versehen war. *Drohne vermisst* stand in fetten schwarzen Lettern am oberen Rand.

»Den Zettel hat vor ein paar Tagen jemand ins Schaufenster gehängt«, erklärte der Inhaber. »Deshalb hatte ich ihn total vergessen. Ist mir eben erst wieder eingefallen, nachdem du draußen warst.« Er wies auf das Foto der Drohne, die unter der Überschrift abgebildet war. Charlotte stockte der Atem: An der Unterseite des Flugobjekts war eine Kameralinse angebracht, die durch ein transparentes Stück Plastik geschützt wurde. Es glich exakt dem, das

Charlotte gerade weggeworfen hatte. Ihr Puls schoss in die Höhe. »Wer hat das aufgehängt?«

»Irgend so ein Kerl«, sagte der Besitzer und versuchte, sich zu erinnern. »Ich schätze mal, der war so Anfang dreißig. Trug 'nen Bart ...«

»Haben Sie seinen Namen? Oder seine Telefonnummer?«

Der Inhaber schüttelte den Kopf. »Er meinte, er würde sich wieder melden.«

»Er hat gesagt, er kommt vorbei?«

»Ja. Aber bislang ist er noch nicht wieder aufgetaucht.«

»Wann genau hat er den Zettel denn aufgehängt?«

»Das muss Freitag vor einer Woche gewesen sein. Vielleicht auch Donnerstag.«

»Also vor neun oder zehn Tagen«, präzisierte Charlotte.

»Genau.«

»Tun Sie mir einen Gefallen und rufen Sie mich an, sobald er sich bei Ihnen meldet?«

»Scheint ja mächtig wichtig zu sein.« Der Inhaber reichte Charlotte Zettel und Stift. Sie notierte ihren Namen und ihre Handynummer auf dem Blatt Papier. »Vielleicht sogar lebenswichtig.«

*

Dem Jeep zu folgen, war leichter, als Logan und Jack vermutet hatten. Die beiden Insassen kurvten nur durch einige enge Straßen und hielten schließlich vor einem heruntergekommenen Haus. Mit gebührendem Abstand beobachteten Jack und Logan, wie die Soldaten ausstiegen und klingelten. Die Tür wurde geöffnet, aber von wem, konnten Jack und Logan nicht erkennen. Nach einem kurzen Dialog betraten die beiden Soldaten das Haus.

Logan und Jack stellten ihre Räder ab und pirschten sich zum offenen Jeep.

»Ich seh nach, du behältst das Haus im Blick«, flüsterte Logan Jack zu und begann, den Wagen zu durchsuchen.

»Vorne ist nichts«, sagte er kurz darauf. »Ich check die Rückbank. Schieß du ein paar Fotos vom Jeep, inklusive Nummernschild. Dann kann Sheriff Malone das Kennzeichen in der Datenbank suchen.«

Jack zog sein Handy aus der Tasche und machte Fotos von Vorder- und Rückseite des Wagens. Zuletzt fotografierte er das Nummernschild.

»Was tust du denn da?«

Jack sprang erschrocken auf. Ein Ford Mustang stand neben ihm am Straßenrand, der Fahrer lehnte aus dem Fenster und beäugte ihn misstrauisch.

»Äh, was?«

»Was du da tust, will ich wissen?«, wiederholte der Mann seine Frage. »Spionierst du die Karre aus?«

Jack schüttelte den Kopf. »Nein. Wie kommen Sie darauf?«

»Weil du verdammt viele Fotos machst«, sagte der Mann und schob seine verspiegelte Sonnenbrille zurecht. »Sogar vom Nummernschild. So was macht man doch nicht, weil man ein PS-Fan ist. Sondern wenn man die Karre klauen will.«

»Ich will das Auto nicht stehlen«, beteuerte Jack.

»Du nicht, aber vielleicht andere. Die schicken euch Kids los, um heiße Kisten auszuspähen, und nachts kommen sie selber und klauen die Karren. Ist 'nem Kumpel von mir passiert. Seitdem hab ich 'n Auge drauf.« Er zog sein Handy aus der Tasche. »Ich ruf die Cops.«

Jack schluckte. »Nein, ich ... äh ...

»Sieht doch 'n Blinder mit dem Krückstock, dass du hier was ausheckst.« Er wählte den Notruf und hob das Handy ans Ohr. Das Freizeichen ertönte. Jack geriet ins Schwitzen.

»Der Jeep gehört meinem Onkel«, sagte er, ohne nachzudenken.

Der Mann im Mustang verzog das Gesicht.

»Der will den Wagen nämlich verkaufen«, fuhr Jack fort. »Im Internet. Deshalb hat er mich gebeten, Fotos zu machen. Schließlich will man als Kunde ja sehen, was man kauft.« Er grinste.

»Und wieso will er ihn verkaufen?«, fragte der Mann im Mustang. »Die Karre sieht doch noch astrein aus.«

Jack winkte ab. »Verbraucht zu viel Sprit, das ist zu teuer und versaut die Luft. Deshalb will mein Onkel ab sofort nur noch Fahrrad fahren.«

»Fahrrad?« Das Gesicht des Mannes sah aus, als hätte er in eine Zitrone gebissen.

»Das ist gesund«, erwiderte Jack und begann langsam, sich warm zu reden. »So schlägt er zwei Fliegen mit einer Klappe: Er schont die Umwelt und tut was für seine Gesundheit. Eine klassische Win-win-Situation!«

Der Mustangfahrer kam ins Grübeln. »Und wieso steht die Karre hier und nicht bei deinem Onkel zu Hause?«

»Mein Onkel wohnt hier«, reagierte Jack prompt. »In dem Haus da. Soll ich ihn holen?« Er ging los.

Der Mustangfahrer wirkte unschlüssig.

»Miami Police Departement, was kann ich für Sie tun?«, meldete sich eine Stimme aus seinem Handy.

Jack erreichte die Tür des Hauses, in dem die beiden Soldaten verschwunden waren, und tat so, als würde er klingeln, während er den Mustangfahrer weiterhin angrinste.

»Hat sich erledigt«, sagte der Mann und unterbrach die Verbindung. Er warf Jack noch einen Blick zu – dann gab er Gas und brauste davon.

Jack fiel ein Stein vom Herzen. Das war verdammt knapp gewesen. Jetzt schnell zurück zum Jeep ...

»Waaas?«, brüllte eine Stimme im Haus. Jack zuckte zusammen. Im selben Augenblick hörte er schwere Schritte näher kommen. Reflexartig hechtete er hinter einen Busch, der nur wenige Meter entfernt auf dem Rasen stand. Nahezu gleichzeitig wurde die Tür des Hauses aufgestoßen.

»Raus mit euch! Haut bloß ab!« Die beiden Soldaten verließen das Haus. Ihre Gesichter wirkten nicht gerade erfreut. »Und lasst euch bloß nie wieder hier blicken!«

»Mr Wilson«, begann einer der Männer – aber der Mann im Haus unterbrach ihn brüsk: »Ihr steckt doch alle unter einer Decke und tut eh nichts, um uns Bürger zu schützen. Also zieht Leine. Und zwar schnell!«

Damit schlug er die Tür zu. Die Soldaten wechselten einen raschen Blick, dann gingen sie zu ihrem Jeep und fuhren davon.

Jack atmete auf. Es hatte nicht viel gefehlt und sie wären aufgeflogen, er und ... Logan! Jack sah sich hektisch um. Aber Logan war nirgends zu sehen. Erst da begriff er, dass sein Kumpel noch im Jeep sein musste.

Charlotte war mit dem Rad in Richtung Treffpunkt unterwegs, als ein Armeejeep ihr die Vorfahrt nahm.

»Pass doch auf!«, schimpfte sie. Da raste plötzlich Jack an ihr vorbei.

»Komm!«, brüllte er und sauste weiter.

Charlotte wusste nicht, was das zu bedeuten hatte, trat aber trotzdem in die Pedale und nahm die Verfolgung auf. Aber Jack war verdammt schnell. War er hinter jemandem her? Aber hinter wem? Und warum? Und wo war Logan?

Charlotte schlängelte sich durch den Rushhour-Verkehr und erreichte Jack schließlich außer Atem, als er hinter einem Cadillac stand, der an einer roten Ampel wartete.

»Was ... ist ... los?«, schnaufte Charlotte und schnappte nach Luft.

»Logan«, keuchte Jack, der genauso außer Puste war. Er zeigte zum Militärjeep vor dem Cadillac. »Er ist ... da drin. Wir müssen ihn rausholen. Die Typen sind vielleicht Verbrecher. Logan schwebt in großer Gefahr!«

Ein heller Signalton zog Jacks Aufmerksamkeit auf sich. Er kramte sein Smartphone hervor und las die kurze Nachricht, die von Logan stammte: *Wo bist du?*

Direkt hinter dir, tippte Jack hastig ein. Dann sprang die

Ampel auf Grün und der Jeep fuhr weiter. Jack und Charlotte folgten ihm.

»Wir brauchen einen Plan«, keuchte Jack, während sie wie verrückt strampelten. »Und zwar schnell. Wenn die Typen zur Autobahn wollen, war's das. Wir müssen Logan unbedingt vorher rausholen.«

Charlotte dachte nach. »Die Straße zur Autobahn führt über eine Brücke. Keine Ahnung, wie der Fluss heißt. Aber da müssen sie rüber.«

»Und wie soll uns das helfen?«, fragte Jack.

Charlotte warf ihm einen ernsten Blick zu. »Logan muss rausspringen. Aus dem fahrenden Wagen, über das Geländer, in den Fluss.«

Jack glaubte, sich verhört zu haben. »Du machst wohl Witze!«

Aber Charlotte verzog keine Miene. »Es ist seine einzige Chance.«

*

Logan hockte eingezwängt zwischen Rückbank und Vordersitzen und wurde ordentlich durchgerüttelt. Bei jeder noch so kleinen Bodenwelle hüpfte der Jeep, als würde er sich freuen, seine Fähigkeiten als Geländefahrzeug unter Beweis zu stellen. Logan knallte jedes Mal mit den Knien auf den harten Unterboden und biss die Zähne zusammen, um vor Schmerz nicht loszubrüllen. Stattdessen fluchte er innerlich: Wie, zur Hölle, war er bloß in diese Situation geraten?

Obwohl er es natürlich wusste. Logan hatte gerade die

Rückbank nach Hinweisen abgesucht, als Jack plötzlich von einem Autofahrer angequatscht wurde. Deshalb war Logan auf Tauchstation geblieben und hatte gelauscht, wie sein Kumpel die Situation meisterte. Gar nicht schlecht, hatte er noch gedacht. Als der Typ endlich wegfuhr und Logan aussteigen wollte, hatte sich genau in diesem Moment die Tür des Hauses geöffnet und die beiden Soldaten waren herausgekommen. Er sah, wie sich Jack hinter einen Busch warf – dann hatte Logan reflexartig den Kopf eingezogen – und das war der Fehler gewesen. Denn die beiden Fake-Soldaten kamen geradewegs zum Jeep, stiegen ein und fuhren los. Mit Logan hinten drin.

Zum Glück hatten sie ihn nicht gesehen. Noch nicht! Als der Wagen an einer Ampel hielt, war Logan kurz davor gewesen, rauszuspringen und abzuhauen. Aber als er den Kopf hob, stand direkt hinter ihm ein Cadillac. Wie würde der Fahrer auf sein Manöver reagieren? Vermutlich würde er laut hupen, weil er Logan für einen Dieb hielt. Dadurch wären die beiden Typen auf den Vordersitzen auf ihn aufmerksam geworden. Und selbst für den Fall, dass sie ihn nicht schnappten, hätten sie Logan gesehen und würden ihn wiedererkennen. Das war ihm zu heikel gewesen. Er musste fliehen, ohne dass sie ihn bemerkten. Deshalb war er im Wagen geblieben und hatte Jack eine Nachricht geschickt: *Wo bist du?*

Direkt hinter dir, lautete die Antwort. Damit hatte Logan gar nicht gerechnet. Aber dieser Umstand eröffnete neue Möglichkeiten für eine Flucht. Jack konnte ihm helfen, unbemerkt abzuhauen. Hastig tippte Logan die nächste Nachricht ein: *Nächste Ampel. Wenn frei.*

Er hoffte, dass die kurze Mitteilung verständlich war. Es war nämlich ziemlich schwierig, bei der holprigen Fahrt die richtigen Buchstaben zu treffen.

Aber Jack hatte kapiert. Seine Antwort lautete: *Halte dich bereit.*

Logan schöpfte Hoffnung.

*

»Wie hoch ist die Brücke?«, rief Jack Charlotte zu.

»Zehn Meter vielleicht«, gab sie zurück.

»Das ist zu hoch!«

»So hoch wie der Sprungturm im Schwimmbad. Keine große Sache.«

Jack schnaubte aus. »Ich weiß nicht, ob Logan das schon mal gemacht hat. Ich habe ihn noch nicht mal vom Einer springen sehen.«

»Dann wird es eben eine Premiere«, keuchte Charlotte. »Ich bin schließlich auch alleine zum Wrack rausgeschwommen, obwohl der Tigerhai sein Unwesen getrieben hat.«

»Darum hat dich niemand gebeten«, ächzte Jack. »Und nur weil du dich für so einen Wahnsinn entscheidest, müssen es andere nicht auch tun.«

»Logan schon. Er hat nämlich keine Wahl.«

»Wie tief ist der Fluss?«, fragte Jack. »Das Schwimmbecken beim Zehner ist vier oder fünf Meter tief. Das muss der Fluss auch haben, sonst knallt Logan auf den Grund.«

»Ich weiß es nicht«, antwortete Charlotte. »Keine Ahnung, wie tief der Fluss ist.«

»Du willst ihn ins Blaue springen lassen?«

Charlotte antwortete nicht.

»Okay, begriffen«, sagte Jack. »Die Alternative ist ... möglicherweise noch schlimmer. Also gut.« Er schöpfte Atem. »Dann werde ich unserem Kumpel den Plan mal durchgeben.«

*

Logan glaubte nicht, was er da lesen musste: Er sollte auf Kommando aus dem fahrenden Jeep in einen Fluss springen? Seine Freunde machten wohl Witze!

Nein, lautete die knappe Antwort. *Letzte Chance!*

Ruft 9-1-1, simste Logan zurück – das war die Notrufnummer der Polizei. Aber die Antwort ließ nicht lange auf sich warten. *Keine Zeit. Brücke in Sicht. Jetzt oder nie!*

Logan wurde übel. War das echt seine letzte Chance? Fieberhaft grübelte er über eine Alternative nach. Aber ihm fiel keine ein. Es blieb ihm nichts anderes übrig, als seinen Freunden zu vertrauen.

Okay, tippte er ein und schickte die SMS ab. Dann machte er sich bereit für den Sprung seines Lebens.

*

»Er ist so weit«, sagte Jack mit Blick auf das Display seines Smartphones. Er tippte *GO!* ein und hielt den Finger über der Taste zum Absenden der SMS.

»Ich gebe das Kommando!«, rief Charlotte und konzentrierte sich auf den Jeep, der nur noch knapp fünfzig Meter von der Brücke entfernt war.

*

Logans Herz raste. Seine Hände zitterten so sehr, dass er kaum noch das Display erkennen konnte. Jeden Augenblick musste das Signal kommen. Logan zählte die Sekunden: eins ... zwei ... drei ...

Dann kam die Nachricht. Logan stützte sich vom Boden ab, um aufzustehen und sich mit Schwung aus dem Jeep zu werfen, als der Wagen unvermittelt eine Vollbremsung machte. Logan wurde gegen die Vordersitze geschleudert. Der Ruck war so heftig, dass er beinahe laut aufgeschrien hätte.

»Was soll denn das!«, rief einer der Männer vor ihm. »Aus dem Weg!«

Er begann zu hupen. Dann hörte Logan ein zischendes Geräusch, das er nur zu gut kannte. Es war das Fauchen eines wütenden Krokodils!

*

Jack und Charlotte gingen in die Eisen. Exakt in dem Moment, als Charlotte das Signal gegeben und Jack die Senden-Taste gedrückt hatte, hatte der Jeep eine Vollbremsung gemacht. Jetzt stand er wenige Meter von der Brücke entfernt und hupte wie verrückt. Warum?

»Er muss raus«, sagte Charlotte atemlos. »Jetzt!«

Sekunden später beobachteten sie, wie Logan aus dem Jeep krabbelte, sich auf den staubigen Seitenstreifen rollte und dann mit einem Sprung ins Gebüsch hechtete. Jack und Charlotte hörten ein lautes Platschen – dann setzte der Jeep seine Fahrt fort. Als der Wagen außer Sichtweite war, fuhren sie zu Logan, der sich gerade aufrappelte.

»Bist du okay?«, fragte Jack.

»Ich glaube schon.« Logan klopfte sich den Staub aus der Hose. Die Erleichterung war ihm anzusehen.

»Das war knapp«, sagte Charlotte.

»Verdammt knapp«, fügte Jack hinzu. »Wärst du echt gesprungen?«

Logan hob erstaunt den Kopf. »Ja klar! Habt ihr doch geschrieben. Und ich vertraue euch.«

»Hätte der Jeep nicht gestoppt, hätte es keine andere Möglichkeit gegeben«, stellte Charlotte nüchtern fest.

»Warum hat er eigentlich gebremst?«, fragte Jack.

»Ich habe ein Fauchen gehört«, sagte Logan. »Klang wie ein Krokodil.«

Sie gingen auf die Brücke und sahen hinunter zum Fluss. Das kristallklare Wasser plätscherte gemächlich vorüber.

»Sieht nicht sehr tief aus«, sagte Jack.

»Sind aber auch keine zehn Meter«, verteidigte sich Charlotte.

»Ich schätze mal, der da hat mich gerettet.« Logan zeigte auf einen länglichen Körper im Wasser, der sich mit wedelnden Bewegungen flussabwärts bewegte. »Ihr wolltet mich also in einen flachen, krokodilverseuchten Bach springen lassen.«

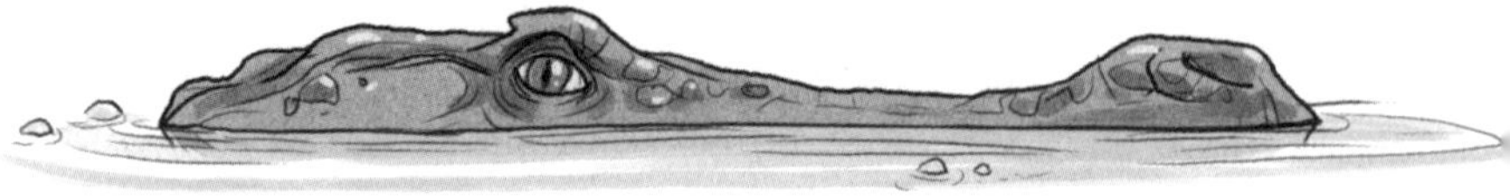

Jack holte zu einer Erklärung aus, aber Logan winkte ab. »Ihr konntet ja nicht wissen, dass Mr Croc den Jeep stoppen würde. Im Übrigen hat sich der Einsatz auch gelohnt.« Er zog sein Handy aus der Tasche und zeigte seinen Freunden ein Foto. »Auf der Rückbank im Jeep habe ich eine Akte gefunden. Viel konnte ich nicht darin lesen. Aber eine Seite habe ich fotografiert.« Er vergrößerte das Bild.

»Das ist ein Kaufvertrag«, stellte Jack fest. »Für eine Jacht.«

Logan nickte. »Und zwar nicht für irgendeine.« Er zeigte auf den Namen, der im Vertrag eingetragen war.

»Mich laust der Affe!«, rief Jack aus. »Es geht um die *Sea Wolf!*«

»Und der Käufer?«, fragte Charlotte.

»Steht hier leider nicht drin«, sagte Logan. »Beziehungsweise ist der Name nicht zu lesen. Aber dafür haben wir den Namen und die Telefonnummer des Verkäufers. Und der wird ja wohl wissen, wem er sein Boot verscherbelt hat.«

»Dann sind die Typen im Jeep ihm wahrscheinlich auf der Spur«, schlussfolgerte Jack und nahm sein Handy. »Ich rufe ihn an.« Er wählte die Nummer, aber niemand hob ab. Auch die Mailbox sprang nicht an.

»Wir versuchen es weiter, während wir den anderen Kerl befragen«, sagte Logan.

»Welchen anderen Kerl?«, fragte Charlotte.

»Der die beiden Typen in hohem Bogen rausgeworfen hat«, sagte Jack. »Ich bin echt gespannt, was die von ihm wollten.«

Logan staunte nicht schlecht, als Mr Wilson die Tür öffnete, der Ufo-Fanatiker, den er am Tag zuvor im Police Departement gesehen hatte.

»Die Feinde meiner Feinde sind meine Freunde«, bat er die drei Freunde herein.

Jack, Logan und Charlotte betraten das Haus und sahen sich verwundert um. Wände und Decken waren mit Alufolie beklebt, überall standen merkwürdige Geräte herum, die in bunten Farben aufleuchteten und seltsame Töne von sich gaben, und in der Küche türmten sich Paletten mit Energydrinks und Proteinriegeln. Der Tisch im Wohnzimmer war mit Monitoren übersät, und als sich Mr Wilson auf dem Sofa dahinter niederließ, wirkte er wie der durchgeknallte Captain eines seit Langem durchs All irrenden Raumschiffs.

»Setzt euch doch«, bot er seinem Besuch Plätze an, aber da es keine Stühle gab, blieben die drei Freunde stehen. »Proteinsnack gefällig?« Mr Wilson warf jedem einen in Silberfolie verpackten Riegel zu und gönnte sich selbst auch einen.

»Also dann: Wie kann ich euch helfen?« Er riss die Verpackung auf und biss hinein.

»Wir würden gerne mit Ihnen über die beiden Soldaten

sprechen«, begann Jack. »Wir sind da nämlich einer Sache auf der Spur – ziemlich heikle Angelegenheit. Und die beiden Männer haben vielleicht damit zu tun.«

»Ihr habt meine volle Unterstützung«, sagte Wilson kauend. »Diesen Typen traue ich nicht über den Weg.«

»Und wieso nicht?«, fragte Charlotte. »Und was meinten Sie mit *Die Feinde meiner Feinde sind meine Freunde?* Wieso sind die beiden Uniformierten Ihre Feinde?«

»Weil sie mich aushorchen wollen«, zischte Mr Wilson. »Die stecken alle unter einer Decke: Regierung, Polizei, Armee – alle!«

Logan zog die Stirn kraus. »Sprechen Sie von einer Verschwörung?«

»Exakt«, sagte Mr Wilson. »Eine Verschwörung von höchster Stelle!«

»Und wozu?«, fragte Jack.

»Na, wegen der Aliens«, sagte Mr Wilson. »Die haben sich unters Volk gemischt, nachdem ihre Untertasse abgestürzt ist. Und die Regierung vertuscht das, um eine Panik zu vermeiden. Aber ich weiß Bescheid. Ich weiß über alles Bescheid.« Er grinste wissend.

Die drei Freunde wechselten einen Blick.

»Und weshalb genau waren die beiden Soldaten da?«, fragte Jack. »Was wollten die von Ihnen?«

»Meine Aufnahmen«, sagte Mr Wilson.

»Was für Aufnahmen?«, fragte Charlotte.

»Die ich gemacht habe. Von der Webcam!«

Logan wurde hellhörig. »Von welcher Webcam sprechen Sie?«

»Na, die vom alten Leuchtturm«, sagte Mr Wilson. »Ich

check die nämlich – die und alle anderen in Miami. Wusstet ihr, dass es hier rund fünfzig öffentliche Webcams gibt? Kann jeder reingucken, wenn er will. Macht bloß keiner.«

»Was meinen Sie mit *checken?«,* fragte Charlotte. »Was genau tun Sie denn?«

»Ich sehe mir die Aufnahmen an«, erwiderte Mr Wilson. »Ob ich was Verdächtiges entdecke, zum Beispiel, ob noch mehr Ufos landen. Ist ja klar, dass es nur eine Frage der Zeit ist, bis die Aliens ihre Leute hier abholen kommen. Und bei der Gelegenheit rotten sie uns aus. Oder entführen uns. Bevor das passiert, haue ich ab. Ist alles vorbereitet.«

»Sie checken die Aufnahmen von fünfzig Kameras?«, fragte Logan ungläubig. »Wie soll das gehen?«

»Im Schnelldurchlauf«, antwortete Mr Wilson. »Ich nehme die Bilder der Webcams per Computer auf und lasse sie dann mit zehnfacher Geschwindigkeit abspielen, und zwar immer drei auf einmal. Auf diese Weise schaffe ich knapp zwanzig Webcams pro Tag. Die übrigen archiviere ich auf Festplatten.«

»Sie nehmen die Bilder sämtlicher Webcams auf?«, fragte Jack ungläubig. »Auch die vom alten Leuchtturm?«

»Na klar.« Mr Wilson grinste. »Die Deppen in ihren Uniformen wussten das von irgendwoher und wollten die Aufnahme haben. Aber ich habe sie nicht rausgerückt. Habe einfach behauptet, ich hätte sie gelöscht – was natürlich nicht stimmt. Ich wette, da ist was drauf zu sehen, was das Militär vertuschen will – wegen Panik und so. Was meint ihr: Sollen wir mal reinschauen, was das sein könnte?«

Es dauerte eine Weile, bis sie die richtige Stelle in der Aufnahme gefunden hatten. Aber dann war das tanzende Licht eindeutig zu sehen. Es schwirrte blinkend durch die Luft, gewann plötzlich an Höhe und stürzte dann ab. Mr Wilson betätigte die Pausentaste.

»Das war ein Ufo«, sagte er, als wäre es die normalste Sache der Welt. »Hatte vermutlich einen Motorschaden und suchte nach 'nem Platz zum Landen. War aber leider nur Wasser da, deshalb ist es schließlich abgestürzt. Sprit alle, schätze ich mal.«

»Sie glauben echt, vor Miamis Küste auf Höhe des alten Leuchtturms liegt ein Ufo auf dem Meeresgrund?«, fragte Logan, als hätte er gerade erfahren, dass er in Wirklichkeit ein Mädchen war und ab sofort Loretta hieß.

Mr Wilson nickte. »Na, das ist doch wohl klar wie Kloßbrühe. Genau deshalb gurkt ja auch das Militär hier rum. Die suchen nach den Außerirdischen, weil die nämlich vorher abgesprungen sind und sich jetzt irgendwo in Miami verstecken. Bis ihre Leute kommen, um sie zu holen. Und nebenbei die Erde vernichten.«

*

»Glaubt ihr, da ist was dran?«, fragte Jack, nachdem die drei Freunde das Haus verlassen hatten.

Freundlicherweise hatte Mr Wilson ihnen die Videodatei auf einen Stick kopiert – für den er acht Dollar kassierte, obwohl Logan meinte, das Ding würde höchstens fünf kosten.

»Keine Sekunde«, sagte Logan. »Wilson hat einfach mächtig einen an der Waffel. Ich habe ihn gestern zufällig gesehen, als ich bei Sheriff Malone war. Der hat bestätigt, dass Wilson ein Spinner ist.«

»Trotzdem waren die beiden Soldaten bei ihm und haben nach der Aufnahme gefragt«, sagte Jack. »Das heißt doch, dass das Licht irgendwie interessant sein muss.«

»Schon«, gab Charlotte zu. »Nur handelt es sich nicht um ein Ufo, sondern um eine Drohne.«

Jack hob die Augenbrauen. »Drohne? Wie kommst du denn darauf?«

In kurzen Zügen berichtete Charlotte den beiden von ihrer Suche nach der Herkunft der Plastikkuppel, die sie auf dem Wrack gefunden hatte.

»Hier ist der Zettel.« Sie zeigte Jack und Logan auf ihrem Smartphone ein Foto des Aushangs. »Ich habe das Modell im Internet gefunden.« Dann öffnete sie einen Screenshot, den sie vom Bild der Drohne auf einer Website gemacht hatte.

»Du hast recht«, murmelte Jack. »Das Bruchstück stammt wirklich von dieser Drohne.«

»Der Drohne, die in der Nacht vor neun Tagen vor der

Küste für die Lichtshow gesorgt hat«, fügte Logan hinzu, und Charlotte ergänzte: »Und dann auf die Jacht stürzte, wo ein Teil von ihr nach dem Kentern zurückblieb.«

»Und wo ist der Rest?«, fragte Jack.

»Vielleicht von der Strömung weggeschwemmt«, überlegte Logan. »Oder von einem Hai gefressen.«

»Damit hätten wir schon einige Puzzleteile zusammengesetzt«, stellte Jack zufrieden fest. »Allerdings wissen wir immer noch nicht, was es mit der Jacht auf sich hat.«

»Versuch noch mal, den Verkäufer anzurufen«, sagte Logan. Jack tat es – ohne Erfolg.

»Wir wissen also, wer der Verkäufer ist«, fasste Charlotte ihre bisherigen Recherchen zusammen. »Und werden mit ein bisschen Glück vom Besitzer der Drohne angerufen.«

»Und wenn nicht?«, fragte Logan.

»Wir sollten die Sache der Polizei übergeben«, schlug Jack vor. »Ganz gleich, was es mit dem Boot auf sich hat. Das ist einfach eine Nummer zu groß für uns.«

Charlotte nickte. »Sehe ich auch so.«

Logan zögerte. »Ich weiß nicht …«

»Siehst du das etwa anders?«, fragte Jack erstaunt.

»Im Prinzip nicht«, erwiderte Logan. »Allerdings gibt es da noch eine andere Möglichkeit, die wir vorher checken könnten.«

»Was für eine Möglichkeit?«, fragte Charlotte.

Logan gab sich einen Ruck und berichtete seinen Freunden, dass er David Thornton vom Wrack erzählt hatte.

»Du hast ... was?«, rief Jack ungläubig aus. »Wir hatten doch abgesprochen, nichts zu sagen!«

»Ja, ich weiß«, gab Logan kleinlaut zu. »Aber Thornton scheint echt in Ordnung zu sein. Und er wollte nur mal einen Blick aufs Wrack werfen, wegen der Haie. Also dachte ich: Wieso nicht?«

»Weil wir es so besprochen hatten«, sagte Jack wütend. »Du hättest uns wenigstens vorher fragen können. Aber nicht mal das hast du für nötig gehalten ...«

»Ist ja gut, ich hab's kapiert«, unterbrach ihn Logan. »Tut mir ja auch leid.«

»Es ist, wie es ist«, mischte sich Charlotte ein. »Und vielleicht hat Thornton ja was rausgefunden. Wir sollten mit ihm sprechen.«

19

Zwei Stunden später erreichten die drei Freunde Devils Horn. Dort herrschte helle Aufregung.

»Thornton hatte einen Unfall«, rief Basil, der mit einem Verbandskasten Richtung Gästehaus rannte. Die drei Freunde folgten ihm. Der Haiforscher saß auf einem Stuhl, während Sarah ihn verarztete.

»Was ist passiert?«, fragte Logan aufgeregt.

Thornton winkte ab. »Ach, das ist halb so wild.«

»Halb so wild?«, rief Sarah aus. »David hat eine starke Abschürfung. Das geht richtig tief ins Fleisch!«

Tatsächlich war die Haut über Thorntons Hüfte knallrot. Es sah wirklich alles andere als harmlos aus.

»Wie ist das passiert?«, fragte Jack.

»Ich bin auf dem Surfbrett ausgerutscht«, erklärte Thornton. »Und als ich ins Wasser gefallen bin, kam eine große Welle und hat das Brett weggeschwemmt – an meinem Körper entlang. Es war also quasi meine eigene Dummheit. Wäre ich nicht runtergefallen, wäre mir auch nichts passiert.«

»Du hättest sofort ins Krankenhaus fahren und es nicht nur mit Verbandszeug aus dem Auto verbinden sollen«, schimpfte Sarah und bestrich die Wunde mit Salbe.

»So schlimm ist es doch gar nicht«, wiegelte Thornton

ab. »Ich schlafe eine Nacht darüber, und falls es morgen nicht besser ist, kann ich immer noch zum Arzt gehen.« Er zwinkerte Logan zu.

Kurz darauf flüsterten die drei Freunde vor dem Gästehaus aufgeregt miteinander.

»Ich dachte, Thornton wollte sich das Wrack ansehen«, sagte Charlotte.

»Das hat er mir gesagt«, erwiderte Logan. »Offenbar hat er seine Meinung geändert und war stattdessen surfen.«

»Schlecht für ihn, gut für uns«, überlegte Jack. »Dann scheint er kein großes Interesse am Wrack zu haben. Damit können wir die Sache abschließen, denke ich.«

Charlotte nickte. Logan seufzte. »Morgen ist Veteranentag und damit schulfrei. Wir informieren Sheriff Malone gleich nach dem Frühstück.«

Sie verabschiedeten sich voneinander. Und während Jack und Charlotte sich auf den Weg zum Haus der Matthews machten, trottete Logan zum Haupthaus der *Wild-Claws*-Rangerstation. Eigentlich hätte er froh sein müssen, dass die Sache vorbei war. Aber irgendetwas an Thorntons Erzählung machte ihn stutzig. Logan wusste nur nicht, was.

*

Später wurde Sarah zu einem Notfall gerufen. Ein Touristenpärchen war mit einem Propellerboot im Sumpf stecken geblieben und wurde von mehreren Alligatoren belagert. Sarah wusste: Solange die beiden nicht ausstiegen, drohte ihnen keine Gefahr. Trotzdem schimpfte sie, weil sie eigentlich *David,* wie sie ihn mit süßer Stimme nannte, noch etwas zu essen machen wollte. Diese Aufgabe übernahm nun Logan.

»Das ist aber nett«, sagte der Haiforscher, als Logan mit dem Tablett ins Gästehaus kam. »Eine kleine Stärkung kann ich gut gebrauchen.«

Logan platzierte das Tablett auf dem Tisch und Thornton schälte sich aus dem Bett. An seinen ungelenken Bewegungen erkannte Logan, dass die Verletzung heftiger war, als Thornton zugab.

»Bauernfrühstück«, schwärmte er. »Lecker!« Er schob sich eine Gabel mit Bratkartoffeln und Rührei in den Mund.

»Haben Sie Mum inzwischen gesagt, dass Sie schon vergeben sind?«, fragte Logan.

»Bin noch nicht dazu gekommen«, antwortete Thornton mampfend. »Siehst ja, was mir dazwischengekommen ist.« Er säbelte ein Stück Spiegelei ab.

»Und wieso sind Sie nicht zum Wrack getaucht?«

»Bin ich doch.«

Logan stutzte. »Sie sagten doch, Sie waren surfen.«

»Das war gelogen.« Thornton stopfte weitere Kartoffeln in sich hinein. Er schien wirklich ausgehungert zu sein.

»Sie waren also nicht surfen?«, fragte Logan verwundert.

Thornton schüttelte den Kopf. »Nein. Ich kann überhaupt nicht surfen. Und es interessiert mich auch nicht die Bohne.«

»Woher stammt dann die Verletzung?«

»Von einem Tigerhai.«

*

»Du warst ganz schön sauer auf Logan«, sagte Charlotte nach dem Abendbrot, als sie bei Jack in dessen Zimmer saß.

»Ich hatte ja auch allen Grund dazu«, muffelte Jack. »Immerhin hat Logan sich nicht an unsere Absprache gehalten.«

»Weil Thornton ihn bequatscht hat.«

»Na und?«

»Ich kann das nachvollziehen, der Typ hat ganz schön Ausstrahlung.«

Jack verzog das Gesicht. »Was soll das denn heißen?«

»Dass er mit seiner charmanten Art quasi jeden um den Finger wickeln kann«, erklärte Charlotte. »Egal ob Eltern, Oma oder Kind: Wenn er will, kriegt er sie alle rum. Ich kenne solche Typen. Der Exfreund meiner Mum war auch so einer.«

»Der, der dich ausgelacht hat, nachdem du fast vom Hai angefallen worden bist?«

Charlotte nickte. »Nach außen hin gab er Mr Charming. Aber nur so lange, bis er hatte, was er wollte. Dann zeigte er sein wahres Gesicht. Und das war alles andere als nett und freundlich.«

Jack wurde nachdenklich. »Und du glaubst, Thornton ist auch so jemand?«

»Keine Ahnung. Ich will ihm nichts unterstellen. Aber bei so einem Verhalten gehe ich automatisch auf Abstand.«

»Umso schlimmer, dass Logan ihm vom Wrack erzählt hat«, sagte Jack. »Eigentlich hatten wir uns nach dem letzten Fall ja geschworen, nichts mehr vor den anderen zu verheimlichen. Aber neuerdings scheint das keine Gültigkeit mehr zu haben.«

Charlotte zog die Stirn kraus. »Was soll das denn heißen?«

»Das weiß du ganz genau«, sagte Jack. »Schließlich bist du auch einfach nach Miami gefahren, ohne uns was zu sagen.«

»Ich habe meine Angst bekämpft«, verteidigte sich Charlotte.

»Du hast uns angelogen«, stellte Jack klar. »Deine Angst hast du nur vorgeschoben.«

»Wie bitte? Woher willst du das denn bitte wissen?«

»Weil es sonst keinen Grund gegeben hätte, uns deinen Miami-Trip zu verheimlichen.«

»Du sagst also, ich bin eine Lügnerin?«

»Wenn man es ganz nüchtern betrachtet: ja.«

Charlotte funkelte Jack böse an. Dann stand sie wortlos auf und ging zur Tür.

»Nun renn doch nicht gleich weg!«, rief ihr Jack nach. »Ist doch nun mal einfach eine Tatsache ...«

WAMM, krachte die Tür ins Schloss.

Jack seufzte.

*

Logan traute seinen Ohren nicht. »Vom Tigerhai? Das ... verstehe ich nicht ...«

Thornton legte die Gabel beiseite und betrachtete Logan ernst.

»Ich war beim Wrack und habe mich dort umgeschaut, genau wie ich dir gesagt hatte«, sagte er. »Plötzlich spürte ich, dass etwas nicht stimmt. Ich drehte mich um und ...« Er machte eine rasche Bewegung mit der Hand. »Ein Schatten schoss auf mich zu. Ich wusste sofort, dass es nur ein Hai sein konnte, obwohl dieses aggressive Verhalten absolut untypisch war. Ich hatte keine Zeit zu überlegen, was ich tun soll, und reagierte reflexartig. Das hat mir vermutlich das Leben gerettet.«

»Was haben Sie getan?«, fragte Logan wie elektrisiert.

»Ich muss mich zur Seite weggedreht haben«, erklärte Thornton. »Denn der Hai hat mich nicht mit dem Maul erwischt, sondern mich mit seinem Körper zur Seite gedrängt. Dabei hat er mir die Haut abgeschürft.«

Logan wusste, dass die Haut von Haien nicht glatt war, wie man glauben könnte, sondern aus zahllosen, winzigen zahnförmigen Plättchen bestand. Sie sorgten dafür, dass der Hai viel schneller schwimmen konnte, als wenn er eine vollständig glatte Hautoberfläche hätte. Ingenieure machten sich diese Erkenntnis seit Jahren zunutze, indem sie Schiffsrümpfe und sogar die Außenhaut von Flugzeugen mit Kunststoffen versahen, die der Haut von Haien nachempfunden waren. Strich man mit der Hand darüber, fühlte sich Haihaut an wie Schleifpapier. Sie schmirgelte menschliche Haut einfach weg.

»Der Hai hat Sie attackiert?«

Thornton nickte.

»Und was ... haben Sie gemacht?«

»Ich bin zurück zum Strand geschwommen«, sagte Thornton. »So gelassen wie möglich. Schließlich wollte ich ihn nicht noch zusätzlich reizen.«

»Hat er noch einmal angegriffen?«

»Zum Glück nicht. Und die anderen auch nicht.«

Logan stockte der Atem. »Waren noch mehr Haie da?«

»Mindestens zwei«, bestätigte Thornton. »Die habe ich mit eigenen Augen gesehen. Aber es könnten auch noch weitere in der Nähe gewesen sein.«

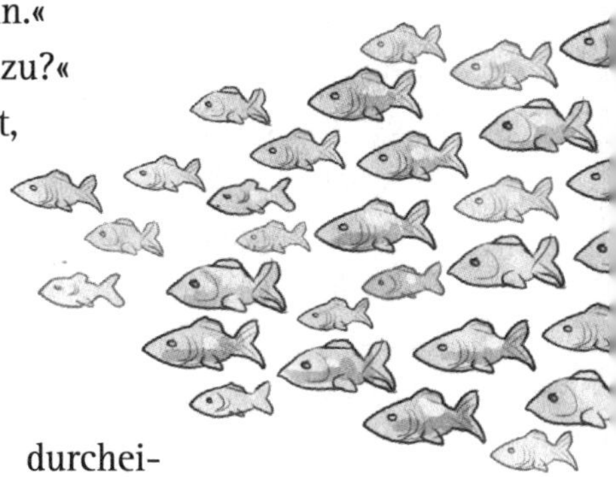

»Was sagt die Küstenwache dazu?«

»Ich habe sie nicht informiert, sondern bin zurück zum Strand geschwommen, habe mich mit dem Verbandskasten aus dem Wagen selber versorgt und bin nach Devils Horn gefahren.«

Logans Gedanken wirbelten durcheinander. »Das heißt, niemand weiß von der Attacke?«

»Niemand«, bestätigte Thornton. »Nur du.«

Logan schüttelte verständnislos den Kopf. »Aber warum haben Sie keinem etwas gesagt?«

»Weil ich morgen noch mal rausmuss«, erwiderte Thornton seelenruhig. »Runter zum Wrack.«

*

»Charlotte?« Jack klopfte an die Tür zum Zimmer seiner Schwester. »Kann ich reinkommen?«

Er drückte den Türgriff herunter, aber es war abgeschlossen.

»So war das doch nicht gemeint!«, rief Jack. »Ich meinte damit doch nur ... ich wollte nur sagen ...«

»Stress?«, fragte sein Dad, der gerade auf dem Weg zum Badezimmer war.

»Ich war wohl nicht so nett«, seufzte Jack.

»So was kommt vor«, sagte Bob und klopfte seinem Sohn freundschaftlich auf die Schulter. »Am besten lässt du ihr ein bisschen Zeit. Das renkt sich schon wieder ein.«

Damit verschwand er im Bad. Ein helles Quieken zog Jacks Aufmerksamkeit auf sich. Waschbär Sam hockte neben ihm auf dem Boden und stemmte seine Pfoten gegen die Tür zu Charlottes Zimmer.

»Tut mir leid, alter Junge«, sagte Jack. »Aber Charlotte ist sauer. Schätze, du musst dir einen anderen Schlafplatz suchen.«

Sam quiekte noch einmal. Lauter!

»Willst du mit zu mir?«, fragte Jack. »Unter meinem Bett ist es auch ziemlich dunkel. Das liebst du doch, oder? Außerdem könntest du bei der Gelegenheit gleich mal nachsehen, ob da irgendwo mein Laserschwert rumliegt ...«

Der Schlüssel wurde herumgedreht und die Tür einen Spaltbreit geöffnet. Sam huschte ins Zimmer, dann war die Tür auch schon wieder geschlossen.

»Charlotte?«, fragte Jack.

»Ich hab Kopfweh!«, rief seine Schwester.

»Ach, komm schon. Lass uns reden, okay?«

»Morgen.«

Jack schnaubte aus und trottete zu seinem Zimmer.

*

»Sie wollen noch mal zum Wrack tauchen? Obwohl Sie angegriffen wurden? Warum?«

Thornton seufzte. »Ich weiß, das klingt verrückt. Aber ich bin nun mal Haiforscher mit Leib und Seele. Ich liebe diese Tiere und ich weiß, dass es einen Grund für ihr Verhalten geben muss. Ich vermute, dass es etwas mit dem Wrack zu tun hat. Das will ich herausfinden.«

»Und wenn Sie wieder angegriffen werden?«, fragte Logan. »Sie könnten dabei sterben!«

»Wenn ich es nicht versuche, sterben die Haie«, gab Thornton ernst zurück. »Den Behörden bleibt gar nichts anderes übrig. Schließlich handelt es sich um Miami Beach, da baden täglich Tausende Menschen. Ich hätte natürlich gleich nach der Attacke Alarm schlagen müssen. Aber das Wetter ist umgeschlagen und eine Kaltfront ist vom Meer herangezogen, das hat die meisten Badegäste vom Strand vertrieben. Und jetzt ist es dunkel, da geht sowieso niemand mehr schwimmen.« Er machte eine Pause, so als müsse er sich besinnen. »Außerdem scheinen die Haie nur am Wrack interessiert zu sein. Sie halten sich ausschließlich in seiner Nähe auf. Wenn ich den Grund dafür herausfinde, gleich morgen früh, kann ich vielleicht etwas dagegen tun und dafür sorgen, dass die Haie sich wieder ins Meer zurückziehen. Damit würde ich ihren sicheren Tod verhindern.«

Logan nickte. »Okay, das verstehe ich. Trotzdem ist es zu gefährlich, erneut ins Wasser zu springen. Besonders weil das Wrack offenbar immer mehr Haie anlockt. Ein ungeschützter Tauchgang käme einem Himmelfahrtskommando gleich.«

»Ich will gar nicht ungeschützt ins Wasser springen«, erwiderte Thornton lächelnd. »Sondern deinen Survival-Woofer mitnehmen. Basil hat mir davon erzählt.«

»Unmöglich«, erwiderte Logan. »Der ist doch gar nicht für den Einsatz unter Wasser konstruiert.«

»Basil meinte, du hättest die Box wasserdicht gebaut. Damit sie nicht sofort kaputtgeht, falls sie einem aus Versehen im Sumpf aus der Hand fällt.«

Logan nickte. »Stimmt. Aber ich habe keine Ahnung, ob sie bis drei Meter Tiefe dicht bleibt. Und ob sie Haie auf Abstand hält, weiß ich auch nicht.«

»Das werde ich herausfinden«, sagte Thornton ruhig. »Indem ich den SuWo morgen früh mitnehme.«

»Und wenn er nicht funktioniert? Was dann?«

»Ich teste ihn vorher, indem ich ihn an einer Stange befestige und ins Wasser tauche«, erklärte Thornton. »An der Reaktion der Haie erkenne ich, ob sie den Ton überhaupt wahrnehmen können. Erst wenn das der Fall ist, springe ich selber ins Wasser. So gehe ich kein Risiko ein.«

Logan knetete sein Kinn. »Ich weiß nicht …«

»Wie wäre es, wenn du mitkommst?«, schlug Thornton vor. »Quasi als Berater. Erst einmal testen wir die Box, dann entscheiden wir gemeinsam, ob ich ins Wasser springe. Und falls du ein ungutes Gefühl hast, verzichte ich darauf. Was hältst du davon? Schlägst du ein?«

Als Logan später im Bett lag und sich noch einmal alles durch den Kopf gehen ließ, war ihm alles andere als wohl bei seiner Entscheidung. Natürlich wollte er nicht, dass die Haie getötet wurden. Aber er wollte auch nicht, dass David Thornton starb. Logan würde nie wieder ruhig schlafen können, wenn dem Haiforscher etwas zustieß, nur weil er sich auf den Survival-Woofer verlassen hatte. Konnte Logan diese Verantwortung wirklich tragen?

Er nahm das Smartphone vom Nachttisch und suchte Jacks Nummer aus den Kontakten. Er brauchte jetzt Rat von einem, dem er vertraute. Aber noch bevor die Verbindung zustande kam, unterbrach Logan den Wählvorgang wieder.

Du darfst niemandem etwas sagen, hörte er Thorntons Stimme in seinem Kopf. *Auch nicht deinen Freunden.*

Der Haiforscher hatte gesagt, dass jeder, den Logan einweihte, sofort versuchen würde, sie von ihrem Plan abzubringen. Deshalb durfte niemand etwas erfahren. Logan hatte es versprochen.

Schweren Herzens legte er das Smartphone zurück auf den Nachttisch. Er wusste nicht, ob es die richtige Entscheidung war. Aber er tröstete sich damit, noch eine Nacht darüber schlafen zu können. Vielleicht würde er morgen früh klarer sehen. Logan knipste das Licht aus und schloss die Augen. Aber alles, was er sah, war das weit aufgerissene Maul eines riesigen Tigerhais.

In der Nacht zog eine dichte Wolkendecke vom Atlantik über Florida und verdunkelte am nächsten Morgen den Himmel. Ob sich ein Sturm ankündigte, ließ sich noch nicht sagen. Vielleicht handelte es sich auch bloß um einen dieser trüben Tage, die den Sonnenstaat hin und wieder überfielen und die Laune in den Keller drückten.

»Ist Charlotte noch nicht da?«, fragte Jack, als er in die Küche kam.

»Hier ist sie nicht«, antwortete seine Mum. »Vielleicht will sie ja ausschlafen.«

Aber Jack wusste es besser, schließlich hatten er und seine Schwester am Abend zuvor einen kleinen Streit gehabt. Ob sie immer noch sauer war?

»Charlotte?«, rief Jack und klopfte an die Tür ihres Zimmers.

Keine Antwort.

Vorsichtig drückte er den Griff nach unten und schob die Tür auf. Der Raum war dunkel, die Gardinen vor den Fenstern zugezogen.

»Bist du da?«, fragte Jack vorsichtig.

»Geh weg«, erklang eine krächzende Stimme vom Bett.

»Bist du immer noch sauer?«

»Ich habe Migräne.« Charlotte Stimme hörte sich wirklich schlimm an. Aber dass seine Schwester Migräne hatte, hörte Jack zum ersten Mal.

»Ist es wegen gestern Abend?«

»Nein, es ist Migräne«, krächzte Charlotte. »Ich bleibe heute im Bett. Bitte keine Störungen mehr! Auch nicht zum Essen. Sag das auch Candle und Bob. Ich will einfach meine Ruhe haben.«

»Klar«, sagte Jack. »Gute Besserung.« Damit schloss er die Tür und ging zurück in die Küche. »Charlotte hat Migräne.«

»Die Arme«, sagte seine Mum. »Will sie vielleicht einen Tee? Oder eine Tablette?«

»Sie will nicht gestört werden«, sagte Jack.

»Dann sollten wir sie auch in Ruhe lassen.« Jacks Dad legte die Zeitung beiseite. »Falls sie was braucht, bist du ja da.« Er stand auf und ging zur Tür.

»Musst du weg?«, wunderte sich Jack. »Heute ist doch Veteranentag.«

»Ich habe trotzdem einen Termin«, antwortete Bob. »Und deine Mum auch.«

»Wir sind den ganzen Tag unterwegs«, sagte Candle und schob sich ein Stück Apfel in den Mund. »Bleib doch einfach mal zu Hause. Das Wetter ist ja eh nicht so toll. Und falls Charlotte was braucht, kannst du sie ein bisschen bemuttern.«

»Zu Hause bleiben?«, fragte Jack. »Und was soll ich den ganzen Tag machen?«

»Lade doch Logan ein!«, rief seine Mum von der Tür aus. »Und wenn er keine Zeit hat, mach Schularbeiten. Oder ein Puzzle.«

»Ein Puzzle?« Die Haustür fiel ins Schloss. Kurz darauf

hörte Jack den Propeller des Helikopters, der vom benachbarten Parkplatz aus startete.

Ein Puzzle machen. Von wegen! Er hatte einen Job zu erledigen. Und wenn Charlotte nicht dabei sein konnte, musste er die Angelegenheit eben alleine mit Logan klären.

Jack nahm sein Smartphone und warf einen Blick aufs Display. Zu seiner Überraschung sah er, dass sein Freund am Abend zuvor angerufen, dann aber wieder aufgelegt hatte. *Komisch,* dachte Jack und rief zurück.

»Ah, äh ... hi«, meldete sich Logan.

»Hey, Bro, was geht?«

»Äh, was?«

»Wie was?

»Na, was eben. Ich meine: Was hast du gesagt?«

Jack runzelte die Stirn. War Logan etwa auch krank? Oder warum war er so schwer von Begriff?

»Wir wollen Sheriff Malone informieren«, erinnerte ihn Jack. »Außerdem ist Charlotte krank – Migräne. Sie bleibt im Bett und ich muss auf sie aufpassen und kann deshalb nicht raus. Deshalb dachte ich, du kommst rüber und wir rufen gemeinsam im Sheriffs Departement an.«

»Ah ja, verstehe, gute Idee.« Logan klang überhaupt nicht überzeugt. »Die Sache ist nur die: Jetzt ist es ungünstig.«

»Warum?«, fragte Jack.

»Ja, weil ... ich was vorhab.«

»Und was?«

»Kann ich nicht sagen.«

»Ein Geheimnis?«

»Nicht direkt.«

Jack platzte der Kragen. »Was soll denn das? Ich denke, wir sind Freunde. Und jetzt machst du einen auf Heimlichtuerei?«

»Ich darf es dir nicht sagen, Jack, nicht jetzt«, versuchte Logan, ihn zu beschwichtigen. »Wir reden heute Abend darüber, okay? Dann wirst du alles verstehen.«

»Hat es was mit deinem Anruf von gestern Abend zu tun?«, fragte Jack.

»Auch.«

»Aber du kannst nicht darüber sprechen?«

»Genau.«

»Und hast auch keine Zeit.«

»Nein.«

Jack schnaubte aus. »Okay, und was machen wir mit Sheriff Malone?«

»Wir rufen ihn später an.«

»Später?«

»Ich kann jetzt nicht«, wiederholte Logan noch einmal.

»Dann informiere ich ihn eben alleine«, sagte Jack.

»Das sollten wir schon gemeinsam machen«, widersprach Logan. »Schließlich haben wir das Wrack und alles, was damit zusammenhängt, gemeinsam gefunden.«

»Und wenn jemand von dem Hai angegriffen wird?«

»Das passiert nicht. Bei dem Wetter geht eh keiner an den Strand. Und Baden ist dann sowieso verboten.« Logan seufzte. »Ich weiß, das klingt alles sehr seltsam. Aber wenn ich dir nachher erzähle, was ich gemacht habe, wirst du es verstehen. Echt. Vertrau mir. Okay?«

»Bleibt mir wohl nichts anderes übrig«, sagte Jack mürrisch. »Wann bist du wieder da?«

»Weiß noch nicht. Gegen Nachmittag wahrscheinlich.«

»Und was soll ich bis dahin machen?«

»Äh, ja ...« Logan räusperte sich. »Wie wär's mit Schularbeiten?«

Jack war ratlos. Irgendetwas ging vor sich, aber er wusste nicht, was. Und das wurmte ihn. Allerdings hatte er auch keinen blassen Schimmer, was er tun konnte, um die Situation zu ändern. Er konnte nur warten.

Ziellos ließ er den Blick durch das Wohnzimmer streifen. Am Regal neben dem Fernseher blieb er hängen. Ganz links lag der Stapel mit den Gesellschaftsspielen. Früher hatte Jack mit seinen Eltern gerne gespielt. Aber vor einem Jahr hatte sein Interesse plötzlich abgenommen und er traf sich lieber mit Logan oder chattete mit Leuten aus der Schule. Sollte er jetzt echt den alten Stapel rausziehen? Die Alternative lautete: Schularbeiten. Jack seufzte.

Er trottete zum Regal und nahm den obersten Karton. *Everglades in 1.000 Teilen* verkündete der Schriftzug an der Oberseite. Das Cover zeigte die Sumpflandschaft hinter der Wildtierstation bei Sonnenaufgang. Das Bild hatte ein Fotograf vor einigen Jahren gemacht, und zwar von der Veranda der Matthews aus. Einige Monate später hatte er ihnen dann das Puzzle als Dankeschön geschickt. Nette Geste, aber völlig sinnlos. Das war in etwa so, als würde man einen Katalog von seinem eigenen Zimmer durchblättern.

Wenn ihn jetzt jemand per Webcam beobachtete, wäre er der Depp des Internets, dachte Jack. Ein Puzzle von den Everglades! Noch dümmer ging es gar nicht. Er sah

sich um. Aber er war alleine. Also nahm er den Karton mit zum Wohnzimmertisch und schüttete die Teile aus. Dann begann er zu puzzeln.

Logan verschwieg seiner Mum, was er und Thornton vorhatten. Stattdessen behauptete er, er wolle den Haiforscher nach Miami begleiten, um ihm beim Check eines neuen, handlichen Sauerstoffgerätes zu helfen, das er im Auftrag des Instituts, für das er arbeitete, testen wollte. Das genügte Sarah, um keine weiteren Fragen zu stellen.

»Haben Sie schon mit ihr gesprochen?«, fragte Logan, als sie in Thorntons Pick-up Richtung Norden fuhren.

»Es hat sich noch nicht der richtige Moment ergeben«, gab der Haiforscher zurück und warf Logan einen kurzen entschuldigenden Blick zu. »Weißt du, Frauen sind ein bisschen empfindlich, wenn es um Gefühle geht. Die sind da ganz anders gestrickt als wir Männer und machen schnell ein großes Drama daraus, besonders wenn sie nicht bekommen, was sie wollen. Da muss man vorsichtig sein.«

»Meine Mum macht kein Drama«, sagte Logan und wunderte sich über Thorntons Ausdrucksweise. Die passte irgendwie gar nicht zu ihm.

»Frauen sind da alle gleich«, fuhr Thornton ungerührt

fort. »Aber keine Angst: Ich sage ihr bald die Wahrheit. Und dann – das schwöre ich dir – werden ihr die Augen aufgehen.« Er lachte so laut, dass Logan unwohl wurde. Er verstand nicht, wo der Witz bei der Bemerkung war. Und das erste Mal, seit Thornton bei ihnen war, hatte Logan ein ungutes Gefühl.

*

Jack zermarterte sich das Hirn. Und je länger er sich die Sache durch den Kopf gehen ließ, desto weniger Durchblick hatte er. Am liebsten hätte er aufgegeben und alles hingeschmissen. Aber er hatte schon ganz andere Situationen gemeistert, da würde er sich doch von einem blöden Puzzle nicht in die Knie zwingen lassen.

Also nahm er das graue Puzzleteil erneut zur Hand und versuchte, es in die linke obere Ecke einzupassen. Klappte aber immer noch nicht. Obwohl es passen musste, ging ja gar nicht anders. Schließlich waren nur noch eine Handvoll Teile übrig und alle anderen waren grün, weil sie zum Blätterdach gehörten. Lediglich das Puzzlestück in seiner Hand hatte die gleiche Graufärbung wie das Gegenstück in der linken oberen Ecke. Dennoch passte es nicht. Jack musste einen Denkfehler machen, er wusste nur nicht, welchen.

Das Klingeln seines Smartphones beendete die Hirntortur.

»Hallo?«, nahm Jack das Gespräch an.

»Wer ist da?«, meldete sich eine männliche Stimme.

»Und wer sind Sie?«

»Das müssten Sie doch eigentlich wissen. Schließlich haben Sie mich angerufen.«

Jack runzelte die Stirn. »Ich Sie?«

»Allerdings.«

»Daran kann ich mich gar nicht erinnern. Wer sind Sie denn?«

»Na, wenn Sie es nicht wissen, war es wohl auch nicht wichtig.« Der Mann am anderen Ende der Leitung zögerte. »Du hörst dich nicht gerade erwachsen an. Eher wie ein Junge. War das vielleicht ein Klingelstreich?«

»Aber nein«, gab Jack fast schon empört zurück. »Ich mache keine Klingelstreiche!« Das stimmte zwar nicht, aber das brauchte sein Gesprächspartner ja nicht zu wissen. Außerdem machte Jack nur noch ganz selten welche. Echt wahr.

»Na, dann kann ich dir auch nicht helfen«, sagte der Mann. »Auf Wiederhören.«

»Augenblick«, bat Jack und hatte plötzlich eine dunkle Ahnung. »Ich glaube, ich weiß, wer Sie sind.« Jeden Augenblick würde er darauf kommen. Die richtige Antwort lag ihm auf der Zunge. Er musste sie nur noch aussprechen.

»Also?« Der Mann wirkte zunehmend ungeduldig.

»Sekunde, ich ...«

»Tut mir leid, aber für so einen Blödsinn habe ich keine Zeit.«

In diesem Augenblick hörte Jack das Signalhorn eines Schiffs durch die Leitung.

»Sie sind Alex Kowalski«, sagte er.

Sein Gesprächspartner war baff. »Stimmt. Und wer bist du?«

»Mein Name ist Jacob Matthews. Tut mir leid, dass ich so lange auf dem Schlauch gestanden habe.«

»Kann ja mal passieren.« Kowalskis Stimme klang gleich versöhnlicher. »Aber dein Name sagt mir nichts. Kennen wir uns?«

»Nicht persönlich«, sagte Jack. »Es geht um Ihr Boot, die *Sea Wolf.*«

»Das ist nicht mehr mein Boot«, sagte Kowalski. »Ich habe es vor ein paar Wochen verkauft.«

»An wen?«

»Warum willst du das wissen?«

Jack schöpfte Atem. »Meine Freunde und ich haben die *Sea Wolf* gefunden. Sie wurde vor Miami versenkt. An Bord waren Spuren von Drogen. Deshalb glauben wir, dass das Boot für den Schmuggel eingesetzt wurde.« Das war zwar gelogen, aber Jack spürte, dass er seinen Gesprächspartner nicht anders würde überzeugen können, den Käufer der Jacht auszuplaudern.

»Wie bitte?« Kowalski schien ehrlich schockiert zu sein. »Und wie ... ich meine, wieso rufst du mich an und nicht die Polizei?«

»Wir wollen Ihnen Gelegenheit geben, sich dazu zu äußern«, fuhr Jack rasch fort. »Wir glauben nämlich nicht, dass Sie etwas mit den Drogen zu tun haben. Schließlich haben Sie die *Sea Wolf* ja verkauft.«

»Ich hatte noch nie was mit Drogen zu tun«, beteuerte Kowalski erregt.

»Dann hat der neue Besitzer sie geschmuggelt«, stellte Jack fest. »Das kann sehr unangenehm für ihn werden, Drogendelikte werden in Florida hart bestraft.«

»Ach du grüne Neune!« Kowalski schluckte. »Das hätte ich nie gedacht, bei so einer Einrichtung!«

Jack wurde hellhörig. »Was für eine Einrichtung?«

»Die Oceanic Society hat das Boot erworben«, erklärte Kowalski. »Die sitzen in Charleston und erforschen die Meere. Die kaufen wohl häufiger gebrauchte Jachten, weil sie nur wenig Geld haben. Und sie waren total begeistert, dass mein Boot über eine Unterwasserkamera verfügt, sodass man von der Brücke aus beobachten kann, was unter einem los ist.«

»Können Sie mir sagen, mit wem Sie dort gesprochen haben?«

»Aber ja, klar. Der Mann hieß Professor Lancaster. Wir haben mehrere Telefonate miteinander geführt. Netter Kerl. Hätte nie gedacht, dass der mit Drogen handelt.«

Jack nahm einen Stift zur Hand. »Können Sie mir Professor Lancasters Nummer geben?«

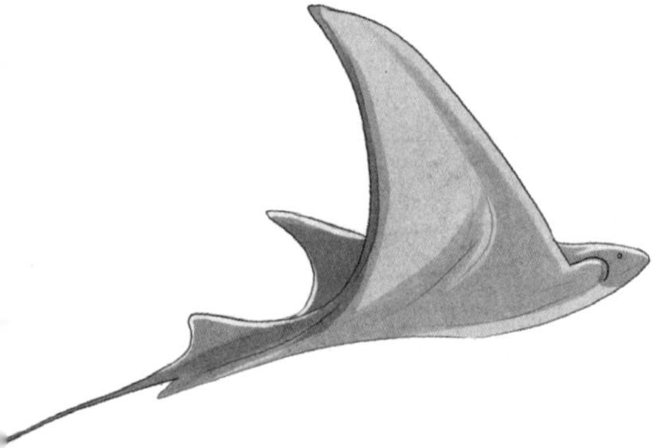

22

In Miami Beach mietete Thornton ein Boot – und das offenbar nicht zum ersten Mal, wenn Logan die Reaktion des Bootsverleihers richtig einschätzte. Kurz darauf nahmen sie durch die aufgewühlte See Kurs auf das Wrack.

»Waren Sie schon öfter draußen?«, fragte Logan, aber Thornton antwortete nicht. Stumm lenkte er das Boot anhand von Logans GPS-Daten bis zur Stelle, an der das Wrack lag. Dort stoppte er den Motor und warf den Anker. Dann suchte er mit dem Fernglas den Strand ab.

»Suchen Sie was Bestimmtes?«, fragte Logan, dem das Verhalten des Haiforschers immer rätselhafter vorkam.

»Ich checke nur ab, ob wir auch ungestört sind«, gab Thornton mit zusammengebissenen Zähnen zurück. Dann stellte er das Fernglas auf den kleinen Tisch, auf dem auch der Survival-Woofer und das neue Sauerstoffgerät lagen. »Zeit zum Schwimmen«, sagte er mit eiskaltem Blick. Sämtliche Freundlichkeit war aus seinen Augen gewichen.

Logan starrte sein Gegenüber verständnislos an. Dann endlich begriff er.

»Sie wollen gar nicht da runtertauchen, sondern ich soll das machen.«

»Schlau erkannt«, knurrte Thornton und schob Logan das Sauerstoffgerät rüber. »Und damit dir nicht die Luft ausgeht, kannst du das hier tragen. Da ist Sauerstoff für zehn Minuten drin. Wurde extra für kurze Trips in seichtem Gewässer konzipiert.«

Logan schüttelte verständnislos den Kopf. »Aber wieso ... warum?«

»Wieso, weshalb, warum«, gab Thornton spöttisch zurück. »Was für dämliche Fragen! Glaubst du etwa, die Haie sind aus Zufall am Wrack? Da hätte ich dich aber für schlauer gehalten.«

»Also sind Sie gar kein Haiforscher?«, fragte Logan. »Sondern Rauschgiftschmuggler?«

Thornton lachte laut. »Rauschgiftschmuggler ... Ist das auf deinem Mist gewachsen?«

In Logans Kopf herrschte Chaos. Alles, was er und seine Freunde in den vergangenen Tagen herausgefunden hatten, bekam plötzlich eine neue Bedeutung – weil kein Drogenschmuggler hinter dem Wrack steckte, sondern David Thornton. Ein Mann, dem Logan vertraut hatte.

»Worum geht es dann?«, fragte er.

Thornton zog einen Bogen Papier aus der Tasche und breitete ihn auf dem Tisch aus. Auf dem zerknitterten Blatt war eine schwarze Kugel mit einem Display abgebildet.

»Diese Kugel befindet sich irgendwo in der Kajüte«, erklärte Thornton. »Sie lag eigentlich auf dem Tisch, es ist aber gut möglich, dass sie beim Sinken des Boots runtergefallen ist. Du wirst sie schon finden.«

Logan warf einen Blick ins Wasser, aus dem sich genau in diesem Augenblick eine dreieckige Flosse schob und langsam am Boot vorüberzog.

»Du tauchst runter, holst die Kugel – und alles ist gut«, fuhr Thornton fort.

»Gar nichts ist gut«, erwiderte Logan und spürte, wie sich ein dicker Knoten in seiner Brust bildete. »Im Wasser wimmelt es von Haien. Aggressiven Haien! Wenn ich da reinspringe, fressen die mich auf!«

»Ich hoffe nicht«, gab Thornton gelassen zurück. »Schließlich hast du ja deinen Wunderkasten dabei.« Er zeigte zum Survival-Woofer auf dem Tisch. »Der hält dir die Biester vom Leib.«

»Wie bitte?« Logan schluckte. »Sie wissen doch, dass der gar nicht für Haie konstruiert wurde. Ich habe keine Ahnung, ob die den Ton überhaupt hören!«

»Dann ist die Zeit für den Praxistest jetzt gekommen«, zischte Thornton. »Und für uns beide hoffe ich, dass der SuWo funktioniert. Denn wenn du gefressen wirst – macht es die Sache noch komplizierter. Für mich.«

Logan schockierten Thorntons eiskalte Worte. Und in so einen Widerling war seine Mutter verknallt? Wie konnte sie nur!

»Was ist das für eine Kugel?«, fragte Logan. »Und wieso lockt sie Haie an?«

»Das braucht dich nicht zu interessieren«, gab Thornton barsch zurück. »Alles, was du wissen musst, habe ich dir gesagt. Also ab ins Wasser. Es ist Zeit zum Schwimmen.«

*

»Professor Lancaster ist zu Tisch«, gab die helle Frauenstimme gelangweilt zurück.

»Und wann kommt er zurück?«, fragte Jack.

»Nach dem Essen«, seufzte die Dame am anderen Ende der Leitung.

»Aber er kommt heute noch zurück, oder? Es ist nämlich echt wichtig!«

»Vermutlich«, antwortete die Stimme leicht genervt. »War's das?«

»Ja ... nein! Können Sie Professor Lancaster etwas ausrichten?«

»Und was?«

»Dass er mich bitte zurückrufen soll. Das wäre wirklich nett. Und wie gesagt: auch wichtig.«

Die Dame am anderen Ende der Leitung stöhnte auf. »Dafür müsste ich ja deine Nummer notieren.«

»Ist das ein Problem?«

»Nein, kein Problem.« Ihre Stimme klang wie das genaue Gegenteil. »Sekunde.«

Der Hörer wurde beiseitegelegt. Jack hörte, wie seine Gesprächspartnerin nach Zettel und Stift suchte und dabei an diverse Möbel stieß, was sie mit derben Flüchen quittierte. Nach einer gefühlten Ewigkeit nahm sie den Hörer wieder zur Hand. »Und? Hast du es dir anders überlegt?«

»Äh, nein«, sagte Jack verwundert. »Wieso?«

»Hätte ja sein können. Dann schieß mal los.«

Jack diktierte der Dame seine Handynummer. Danach legte sie grußlos auf.

Und nun?, fragte sich Jack. Weiterpuzzeln, bis Lancaster zurückrief? Das konnte dauern – falls er es überhaupt tat. Aber es blieb ihm wohl nichts anderes übrig.

Auf Puzzeln hatte er keine Lust mehr. Also nahm er sein

Smartphone und wählte Logans Nummer. War ja möglich, dass er seine *dringende Angelegenheit* erledigt hatte und wieder zurück auf *Wild Claws* war. Dann könnten sie sich wenigstens zusammen die Zeit vertreiben, während sie auf Charlotte aufpassten – von der Jack auch schon lange nichts mehr gehört hatte.

Aber es meldete sich lediglich Logans Mailbox. Jack legte auf und sah zum Fenster hinaus. Das Wetter wurde immer schlechter. Auch das trug nicht gerade zur Besserung seiner Laune bei.

Trotzdem musste er mal raus. Wenigstens kurz. Frische Luft schnappen und den Kopf frei kriegen.

»Bin gleich wieder da!«, rief er Richtung Charlottes Zimmer. Seine Schwester antwortete nicht. Vermutlich schlief sie, dachte Jack. Umso besser. Dann blieb ihm ein bisschen Zeit, um mal rasch bei Logan vorbeizuschauen. Vielleicht war er ja doch da und hatte bloß vergessen, sein Handy einzuschalten. Mit neuer Hoffnung machte sich Jack auf den Weg.

*

Logan stand am Heck des Boots und starrte ins Wasser. Obwohl die See wegen des kräftigen Winds aufgewühlt war und er nicht tief blicken konnte, sah er dennoch immer wieder Schatten vorüberziehen. Große Schatten. Mehrere Haie umkreisten das Wrack. Jetzt ins Wasser zu springen, war reiner Selbstmord. Denn diese Tiere verhielten sich alles andere als normal. Sie benahmen sich nicht mehr wie Raubfische, sondern wie Killer.

»Das mache ich nicht«, sagte Logan.

»Wie bitte?«

Logan drehte sich um. »Ich spring da nicht rein. Das wäre mein sicherer Tod!«

Thornton schüttelte verständnislos den Kopf. »Was soll denn das? Muss ich wirklich erst ungemütlich werden, damit du kapierst, dass dir gar nichts anderes übrig bleibt?« Er zog eine Pistole aus seinem Hosenbund und richtete den Lauf auf Logan. »Jetzt überzeugt?«

Logan schluckte. Er traute Thornton ohne Weiteres zu, die Waffe zu benutzen. Seine Gedanken rotierten. Er musste ins Wasser, so viel stand fest. Und es gab auch eine Chance, die Sache zu überleben – falls sein Survival-Woofer funktionierte.

Zudem lag das Wrack nur knapp drei Meter unter der Wasseroberfläche. Es dauerte also nicht lange, um dorthin zu tauchen. Und befand sich Logan erst einmal in der Kajüte, wäre die Gefahr fürs Erste gebannt. Dann musste er nur noch die Kugel finden, auftauchen – und dann?

Thornton würde Logan niemals laufen lassen, so viel war sicher. Schließlich wusste Logan alles über ihn und seine Taten. Und zwar als Einziger! Niemand sonst ahnte, dass der Haiforscher zwei Gesichter hatte. Alle hielten ihn für einen netten Wissenschaftler. Thornton würde keine Schwierigkeiten haben, Sarah gegenüber zu beteuern, dass Logan sich in Miami von ihm abgesetzt hatte, um auf eigene Faust ein paar Shops abzuklappern oder eine Runde Billard zu spielen. Zurückgekommen war er leider nicht. Thornton brauchte sich nicht mal darum zu kümmern, Logan zu beseitigen – er würde einfach das Boot starten und wegfahren, sobald er die Kugel aus dem Wrack hatte. Den SuWo würde er natürlich auch an sich nehmen. Dann würde er Logan im Wasser zurücklassen – mit einem Schwarm blutrünstiger Haie.

Ein Schuss krachte los. Die Kugel schlug nur wenige Zentimeter neben Logan ins Boot ein. Holz splitterte und flog durch die Luft. Logan starrte zu Thornton, der den Hahn der Waffe erneut spannte.

»Letzte Warnung«, sagte er und richtete den Lauf der Pistole auf Logan.

23

»Hallo? Jemand zu Hause?« Jack sah sich im Haupthaus der *Wild-Claws*-Rangerstation um. Aber sowohl Sarah als auch die beiden Wildhüter Basil und Tramp waren offenbar unterwegs. Genau wie Logan. Was konnte er nur gemeint haben, als er sagte, er müsse etwas Wichtiges erledigen? Jack hatte ein ungutes Gefühl, er spürte, dass etwas nicht in Ordnung war.

Unruhig verließ er das Gebäude und ließ den Blick über das Gelände der Station schweifen. Jenseits der Freigehege stand das Gästehaus, in dem David Thornton untergebracht war. Vielleicht wusste ja der Haiforscher, was Logan vorhatte. Jack beschloss, ihn zu fragen.

*

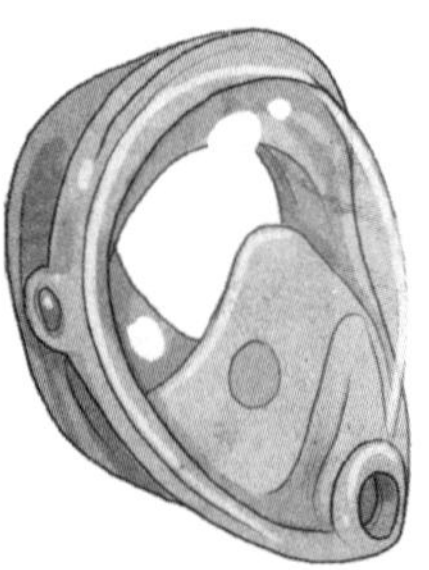

Die linke Hand an der Atemmaske, in der rechten den SuWo tauchte Logan ins Wasser ein, das deutlich kühler war als an den Tagen zuvor. Über ihm türmte der Wind den Ozean zu passablen Wellen auf, während die wütende See unter ihm den Sand aufwirbelte. Doch trotz der getrübten Sicht entdeckte Logan das Wrack ohne Mühe.

Drei große Haie umkreisten es: ein Tigerhai, von dem Logan vermutete, dass es derselbe war, der seinen Kumpel Jack belauert hatte; ein nur knapp kleinerer Hammerhai mit einer zerfetzten Rückenflosse; und ein rund drei Meter großer Bullenhai, der zu den gefährlichsten und aggressivsten Haiarten überhaupt zählte. Ein Trio, mit dem man lieber nicht zur selben Zeit das offene Meer teilte.

Dennoch nahmen die Tiere keine Notiz von Logan. Zumindest schienen sie sich mehr für das Wrack und dessen Inhalt zu interessieren. Ihre Kreise um die gesunkene Jacht waren ziemlich eng. Logan musste also senkrecht von oben zur Kajüte gelangen. Und wenn er das schaffen wollte, musste er sich zu hundert Prozent auf seine Aufgabe konzentrieren. Er konnte es schaffen. Aber er durfte nicht zögern.

Mit geschmeidigen Bewegungen tauchte Logan in die Tiefe. Es war viel leichter, als er gedacht hatte. Und das Auftauchen würde sogar noch schneller gehen. Bislang hatte auch keiner der Haie merklich Notiz von ihm genommen. Vielleicht hatte Logan sich ja völlig umsonst Sorgen gemacht und sein Trip war schneller wieder vorbei, als er gedacht ...

Ein Schatten schoss heran, rammte Logan und riss ihm dabei die Maske vom Kopf. Im Luftblasenstrudel erkannte er den Angreifer, es war ein Hai, natürlich. Aber nicht irgendeiner, sondern ein Weißer Hai, einer der gefürchtetsten Raubfische der Weltmeere.

*

»Mr Thornton?« Jack klopfte an die Tür des Gästehauses. Aber niemand antwortete. Er warf einen Blick durch das Fenster links neben dem Eingang. Im Wohnzimmer war alles ruhig, aber ob das auch auf Schlafzimmer und Küche zutraf, konnte Jack nicht erkennen. Er klopfte gegen die Scheibe. »Mr Thornton?«

Sein Smartphone klingelte. Jack zog das Gerät aus der Tasche und nahm den Anruf entgegen. »Hallo?«

»Hier ist Professor Lancaster«, meldete sich eine ältliche Stimme. »Sie baten um Rückruf.«

»Oh, ja. Mein Name ist Jacob Matthews. Ich habe Ihre Nummer von Alex Kowalski. Es geht um ein Boot, das er Ihnen verkauft hat, die *Sea Wolf.*«

»M-hm«, brummte Lancaster und wirkte etwas abwesend.

»Es ist gesunken«, sagte Jack.

»Gesunken?«, rief Lancaster überrascht aus und war plötzlich ganz bei der Sache. »Wie ist das passiert? Und was ist mit David?«

»Welcher David?«, fragte Jack.

»Er wollte das Boot in den Florida Keys abholen«, erklärte Lancaster. »Ist ihm beim Untergang etwas passiert?«

»Das weiß ich nicht«, erwiderte Jack. »Von welchem David sprechen Sie denn überhaupt?«

»Na, von David Thornton«, sagte Lancaster. »Von wem denn sonst?«

*

Logan tauchte zum Wrack und zwängte sich durch das schmale Fenster ins Innere der Kajüte. Dort hob er den

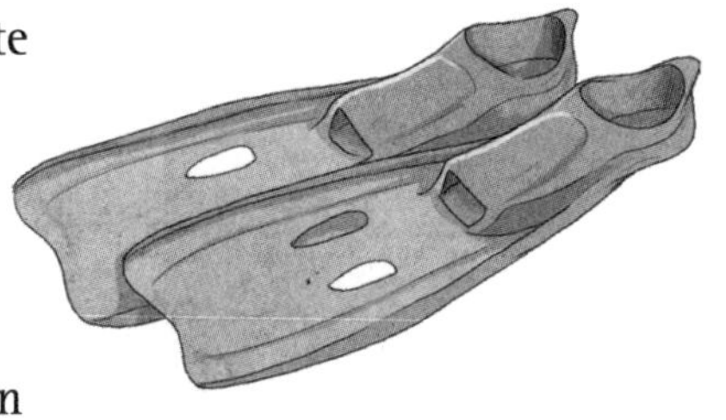

Kopf aus dem Wasser und atmete durch. Erst jetzt begriff er, was der Angriff des großen Weißen Hais bedeutete: Der Survival-Woofer funktionierte nicht bei Haien. Wie sollte er also wieder an die Oberfläche kommen? Noch dazu mit einer Kugel, die Haie mindestens so verlockend fanden wie frisches Blut? Abgesehen davon erwartete ihn oben ein skrupelloser Krimineller mit einer Pistole. Mit der Taucherausrüstung hätte Logan versuchen können, bis zum Strand zu tauchen. Aber der Weiße Hai hatte ihm die Maske vom Kopf gerissen und aus dem Sauerstoffrucksack baumelte nur noch der zerfetzte Schlauch. Logan wurde klar, dass er in der Falle saß.

Am liebsten hätte er sich selber dafür geohrfeigt, dass er in sie hineingetappt war. Wieso hatte er nicht auf sein Gefühl gehört, als es ihm signalisiert hatte, dass mit Thornton etwas nicht stimmte? Logan hätte einfach nur Nein sagen müssen, als ihn der Haiforscher zu dem Trip überreden wollte.

Aber er hatte sich einlullen lassen. Vom Charme und der Kumpelhaftigkeit Thorntons. Dabei hätte ihn schon dessen Umgang mit Sarah stutzig machen müssen. Wie oft hatte der Wissenschaftler beteuert, er würde ihr reinen Wein einschenken, und hatte es nicht getan. Dahinter steckte Methode, klar. Solange Sarah auf ihn abfuhr, konnte Thornton in aller Ruhe seinen Plan durchführen und war gleichzeitig stets auf dem Laufenden darüber, ob jemand etwas davon ahnte. In Wirklichkeit ging es ihm von Anfang nur um die Kugel. Dieses verdammte Ding, das Haie magisch anzog.

Logan stutzte. In seinem Kopf begann sich eine Idee zu entwickeln. Vielleicht gab es ja doch noch eine Chance, die Sache zu überleben. Aber dafür brauchte er die Kugel. Thornton hatte behauptet, dass sie irgendwo in der Jacht unterhalb der Kajüte wäre. Vielleicht hatte der Haiforscher ja ausnahmsweise nicht gelogen. Logan holte tief Luft und tauchte ins Innere der Jacht.

*

»David Thornton wollte das Boot während seines Urlaubs abholen«, erklärte Professor Lancaster. »Dass es gesunken ist, höre ich zum ersten Mal.«

»Weil Thornton es für seine eigenen Zwecke verwendet hat«, sagte Jack. »Und die sind möglicherweise illegal.«

»Du sagst, mein geschätzter Mitarbeiter David Thornton ist ein Verbrecher?« Es war nicht zu überhören, wie durcheinander Lancaster diese Erkenntnis brachte.

»Ich will nicht voreilig sein«, versuchte Jack den Professor zu beruhigen. »Noch weiß ich gar nicht, was Thornton vorhatte. Bislang weiß ich nur, dass sein Plan scheiterte und er jetzt versucht, ans Wrack zu ...« Er verstummte.

»Hallo? Bist du nach da?«

»Ich muss Schluss machen«, sagte Jack rasch. »Ich rufe Sie an, sobald ich etwas Neues weiß.« Er legte auf, denn plötzlich kam ihm ein ungeheurer Verdacht: Hatte Thornton die *Sea Wolf* absichtlich zum Kentern gebracht und wollte nun mit Logans Hilfe zu ihr? War er deshalb so freundlich zu ihm gewesen, weil Logan den Survival-Woofer gebaut hatte, mit dem sich vielleicht auch Haie abwehren ließen? Und würde Thornton, um kein Risiko einzugehen, nicht selbst ins Wasser steigen, sondern Logan schicken? Wenn das stimmte, schwebte sein Freund in Lebensgefahr!

Jack wollte gerade die Nummer der Polizei wählen, als er das Geräusch eines Wagens hörte, der auf den Parkplatz der Station fuhr. Hatte er sich geirrt und war das Logan? So schnell er konnte, rannte Jack an den Freigehegen vorbei Richtung Haupthaus. Als er sah, um was für einen Wagen es sich handelte, stockte ihm der Atem: Es war der Jeep mit den beiden Fake-Soldaten.

Vermutlich arbeiteten sie mit Thornton zusammen und wollten nun alle Mitwisser beseitigen. Dazu gehörte auch Jack.

Und Charlotte!, schoss es ihm durch den Kopf. Sie lag ja immer noch krank im Bett! Er musste sie rausholen, schnell! Bevor die beiden Typen kapierten, dass in der Wildtierstation niemand war. Jack musste sie in Sicherheit bringen, dann würde er Sheriff Malone informieren. In geduckter Haltung hastete er los.

*

Es dauerte eine Weile, doch schließlich fand Logan die Kugel. Sie war etwa doppelt so groß wie ein Zauberwürfel und wog rund ein Kilogramm. An der Oberseite befanden sich zwei Kippschalter und eine leuchtende Digitalanzeige. Worum es sich handelte, war nicht zu erkennen. Aber wenn David Thornton bereit war, dafür einen Mord zu begehen, musste die Kugel sehr wertvoll sein.

Das Atmen unter dem Kajütendach wurde immer mühsamer. Der Sauerstoff ging zur Neige. Nicht mehr lange, und Logan würde ohnmächtig werden.

Er musste raus. Schnell! Und er hatte einen Plan. Der war zwar gewagt, aber es war seine einzige Chance. Logan holte tief Luft, tauchte unter und wollte die Kajüte gerade verlassen, als sich ein Schatten durch das schmale Fenster ins Innere schob. Vor Schreck schrie Logan unter Wasser auf. Er streckte den Kopf in die Luftblase über sich und hustete. Gleichzeitig geriet er in Panik, denn irgendetwas war in die Kajüte geschwommen. Logan versuchte zu erkennen, um was für ein Tier es sich handelte. Aber als es schließlich auftauchte, war er völlig überrascht.

*

Jack rannte, so schnell er konnte, zu Charlottes Zimmer. Hoffentlich kapierte sie, wie dringend es war, denn Jack sah nur eine Chance zu entkommen: mit dem Propellerboot. Das lag am Steg neben der Wildtierstation vertäut und das bedeutete, sie mussten zu ihm und es starten, bevor die beiden Typen das Haupthaus der Station wieder verlassen hatten. Es musste also schnell gehen. Verdammt schnell.

Jack stieß die Tür zum Zimmer seiner Schwester auf und betätigte den Lichtschalter.

»Charlotte!«, rief er außer Atem. »Wir müssen weg, keine Zeit für Erklärungen, steh einfach auf und komm mit!«

Aber seine Schwester rührte sich nicht. Jack stürmte zum Bett und rüttelte an der Decke. »Jetzt wach schon auf!«

Und weil sich Charlotte immer noch nicht rührte, zog Jack die Decke einfach zur Seite. Aber das Bett war leer.

»Was machst du da?«, fragte eine Stimme hinter ihm. Jack fuhr herum. In der Tür standen die beiden Fake-Soldaten. Ihre Gesichter waren ernst. Und in ihren Händen ruhten Waffen.

»Wo kommst du denn her?«, fragte Logan völlig perplex.

»Von oben«, erwiderte Charlotte knapp. »Ich würde dir ja gerne alles erklären, aber dafür bleibt uns keine Zeit. Wir müssen hier weg.«

»Genau das war mein Plan«, sagte Logan. »Deshalb hatte ich die Kugel geholt. Sekunde.« Er tauchte rasch unter und holte die Kugel. »Hinter diesem Ding ist Thornton her«, erklärte er. »Keine Ahnung, wozu die Kugel gut ist. Aber sie lockt die Haie an, das steht fest.«

»Und was hast du damit vor?«, fragte Charlotte.

»Ich werfe sie aus dem Boot. Das lenkt die Haie vielleicht ab. In der Zwischenzeit können wir abhauen.«

»Und wenn es sie nicht ablenkt? Außerdem wartet Thornton oben mit einem Revolver. Wir können nicht einfach auftauchen. Wir müssen zum Strand.«

»Das dürfte schwierig werden«, seufzte Logan. »Ein Weißer Hai hat mir die Maske vom Kopf gerissen. Ich habe zwar noch den Sauerstoffrucksack, aber ohne Maske nützt uns der nicht viel.« Er hob den abgerissenen Schlauch aus dem Wasser. Charlotte betrachtete ihn nachdenklich.

»Wenn wir den Schlauch irgendwie an meine Maske angeschlossen bekommen, hätten wir eine komplette Taucherausrüstung, mit der wir bis zum Strand kommen.«

»Und wie soll das gehen?«, fragte Logan.

»Wir verbinden den Schlauch mit dem Schnorchel«, sagte Charlotte. »Die Frage ist nur, wie.«

»Ein Kabelbinder wäre ideal. Aber zur Not geht auch ein Stück Schnur. Ich sehe mal unten in der Kajüte nach.«

Kurz darauf tauchte Logan mit einem kurzen Seil wieder auf.

»Leider kein Kabelbinder. Aber besser als nichts.«

Sie stülpten das Ende des Schlauchs über den Schnorchel von Charlottes Maske und zurrten ihn mit dem Seil fest. Zufrieden betrachtete Charlotte ihre Konstruktion. »Könnte klappen.«

»Aber nur für einen«, sagte Logan. »Ich schlage vor, ich lenke die Haie mit der Kugel ab und du tauchst bis zum Strand und alarmierst die Polizei.«

Charlotte schüttelte den Kopf. »Der Sauerstoff hier im Boot reicht nicht mehr so lange. Außerdem: Hast du nicht gesagt, Haie würden nicht so schnell angreifen, wenn man zu mehreren unterwegs ist?«

Logan nickte.

»Dann wechseln wir uns mit dem Atmen ab«, sagte Charlotte. »Einverstanden?«

»Einverstanden. Nur noch eins: Falls wir es nicht schaffen, möchte ich dir sagen, dass es mir eine Ehre war, dich kennengelernt zu ...«

»Lass den Quatsch«, unterbrach ihn Charlotte. »Wir schaffen das. Und zwar beide.«

Kurz darauf waren sie bereit.

»Wir schwimmen dicht am Boden und eng beieinander,

so können die Haie schon mal nicht von unten angreifen«, sagte Logan. »Du siehst nach vorne und rechts, ich nach links und immer mal wieder nach hinten. Falls wir angegriffen werden, setzen wir uns Rücken an Rücken auf den Sand. Okay?«

Charlotte nickte. »Ich schlage vor, wir machen immer zehn Schwimmzüge, dann nimmt jeder einen kräftigen Zug Sauerstoff und wir schwimmen weiter.«

»Alles klar.«

»Dann los.«

Logan nahm einen tiefen Zug aus der Maske, tauchte unter und warf einen Blick aus dem Kajütenfenster. Der Tigerhai zog in rund zwanzig Metern Entfernung vorüber. Die anderen Haie sah er nicht. Also zwängte er sich durch das Fenster und lehnte sich mit dem Rücken gegen die Bootswand. Kurz darauf folgte Charlotte und reichte ihm Maske und Rucksack. Logan nahm einen tiefen Zug ... dann stießen sie sich ab und schwammen los.

Die Haie griffen zwar nicht an, nahmen die Veränderung im Wasser aber wahr. Sie schienen die beiden zu begutachten, so als würden sie abchecken, ob die zwei eine gute Mahlzeit abgeben würden oder sich die Mühe eines Angriffs nicht lohnte.

Logan und Charlotte konzentrierten sich derweil auf ihren Plan und kamen gut voran. Sie tauchten dicht am Boden und bewegten sich dabei geschmeidig wie Delfine. Nach zehn Schwimmzügen stoppten sie, jeder nahm einen tiefen Zug aus der Maske, dann schwammen sie weiter.

Die Haie hatten nun weniger Interesse am Wrack als an den beiden Tauchern. Dennoch hielten sie Abstand. Wenn das so weiterging, konnten sie es schaffen, dachte Logan und schöpfte Hoffnung.

Im selben Augenblick fiel ihm ein, dass er und Charlotte gar nicht abgesprochen hatten, wer von ihnen hin und wieder nach oben sehen sollte. Das Wasser war zwar nur knapp drei Meter tief, trotzdem konnte ein Hai auch von oben angreifen. Logan hob den Kopf – und das offene Maul mit den messerscharfen Zähnen hielt genau auf ihn zu. Nur durch einen Reflex gelang es Logan, seinen Arm nach vorne zu schieben und dem Hai die Kugel auf die Nase zu schlagen. Das Tier drehte ab und verschwand im trüben Wasser. Logan sah zur Seite. Charlotte entfernte sich von ihm. Offenbar war ihr bei der Attacke die Maske aus der Hand gerissen worden. Nun wollte sie sie zurückholen. Den Schatten, der auf sie zuhielt, sah sie offenbar nicht.

Logan schwamm los, ohne genau zu wissen, was er tun wollte. Aber einfach untätig bleiben und darauf warten, dass seine Freundin gefressen wurde, konnte er nicht. Er vergaß alles um sich herum und schwamm, so schnell er konnte.

Charlotte packte die Maske. Im selben Moment sah sie den Weißen Hai auf sich zugeschossen kommen. Schlagartig begriff sie, dass er schon viel zu nah war, um noch etwas tun zu können. Starr vor Schreck starrte sie zum Raubfisch, der das Maul aufriss und die Augen schloss, um sie bei der Attacke zu schützen.

Da wurde sie plötzlich am Arm gepackt und zur Seite geschoben. Charlotte sah einen Arm in Richtung Hai schlagen – das Tier wich aus, schnappte zu – und verschlang die Kugel, die Logan ihm wie einen Köder zuwarf. Dann begann der Weiße Hai, seine Opfer zu umkreisen.

Charlotte und Logan ließen sich Rücken an Rücken auf dem sandigen Boden nieder. Dann versuchte Charlotte, den Schlauch des Rucksacks wieder mit der Atemmaske zu verbinden. Aber bei der Attacke war das Plexiglas zu Bruch gegangen war. Die behelfsmäßige Tauchausrüstung ließ sich nicht reparieren. Und den beiden Freunden ging die Luft aus.

Der Weiße Hai hielt erneut auf sie zu. Er schien instinktiv zu spüren, dass die beiden Menschen hilflos waren. Und diese Gelegenheit würde er sich nicht entgehen lassen. Mit kräftigen Schlägen seiner Schwanzflosse nahm er Geschwindigkeit auf. Nur noch wenige Meter trennten ihn von seiner Beute. Er öffnete das Maul.

Unvermittelt wurde er zur Seite geschoben, so heftig, als wäre eine Lokomotive in ihn hineingerast. Mit hektischen Bewegungen suchte er das Weite. Erst da erkannten Logan und Charlotte, dass es der Tigerhai gewesen war, der seinen Artgenossen attackiert hatte. Gemeinsam mit Hammer- und Bullenhai nahm er die Verfolgung des Weißen Hais auf.

Logan gab Charlotte ein Zeichen aufzutauchen, kurz darauf durchbrachen sie die Wasseroberfläche und schnappten gierig nach Luft.

»Das war knapp«, ächzte Logan.

Charlotte nickte. »Allerdings. Aber warum haben die anderen Haie den Weißen Hai gejagt?«

»Wegen der Kugel«, sagte Logan. »Sie hat die Haie ja auch zum Wrack gelockt. Jetzt hat der Weiße Hai sie im Bauch. Also folgen sie ihm.«

»Armer Fisch«, sagte Charlotte.

Logan lachte auf. »Du hast Mitleid mit dem Hai, der dich eben fast gefressen hätte? Alle Achtung, das nenne ich echte Größe.«

»Ich nenne das eine bodenlose Dummheit!«, ertönte hinter ihnen eine Stimme. Das Boot mit Thornton kam direkt auf sie zu. Der Haiforscher stand am Bug, die Pistole in der Hand.

»Ihr habt echt Schneid, das muss ich euch lassen!«, rief er. »Aber leider nützt euch das nichts mehr.«

Er richtete die Waffe auf sie – als das ohrenbetäubende Horn eines großen Schiffs die Luft zum Erzittern brachte. Ein grauer Schatten türmte sich hinter Thorntons Boot auf.

»Die Küstenwache!«, stellte Logan erleichtert fest.

Der Haiforscher drehte sich um. Und als er erkannte, dass Logan recht hatte, ließ er die Pistole kraftlos sinken.

Kurz darauf wurden Logan und Charlotte aus dem Wasser geholt und an Bord des Patrouillenschiffs der Küstenwache mit Decken versorgt. Fast gleichzeitig kam ein Boot der Polizei Miami vom Strand und machte längsseits fest. Unter den Beamten war auch Sheriff Malone.

»Wo kommen Sie denn her?«, fragte Logan erstaunt, aber auch erleichtert, ein bekanntes Gesicht zu sehen.

»Ich war zufällig vor Ort«, erklärte Malone. »Hatte einen Termin mit dem Sheriff von Miami. Da meldete sich ein anonymer Anrufer und meinte, auf einem Boot würde jemand mit einer Pistole auf einen Jungen schießen. Der Chief hat die Küstenwache alarmiert und ich habe mich ein paar Beamten angeschlossen und bin hierhergekommen. Irgendwie hatte ich ein ungutes Gefühl. Deine Fragen vor ein paar Tagen waren so seltsam, dass ich mich plötzlich fragte, ob die drei Hobbydetektive etwa wieder ihre Finger im Spiel haben. Offenbar hatte ich recht.«

Logan gab zu, dass er, Jack und Charlotte heimlich ermittelt hatten. Dann berichteten er und Charlotte dem Sheriff, was passiert war. Malone traute seinen Ohren kaum.

»So viel kriminelle Energie hätte ich einem Wissenschaftler gar nicht zugetraut«, sagte er kopfschüttelnd. »Und worum handelt es sich bei der Kugel?«

»Keine Ahnung«, sagte Logan. »Wahrscheinlich sendet sie einen elektrischen Impuls aus, den die Haie spüren. Vielleicht ähnelt der dem Zappeln eines verletzten Fischs und sie kommen deshalb angeschwommen.«

»Fragen Sie Thornton«, schlug Charlotte vor.

»Das mache ich«, sagte Malone und ging in die Kajüte, in der der Wissenschaftler bewacht wurde. Kurz darauf kam der Sheriff wieder raus.

»Tja«, sagte er und kratzte sich am Kopf. »David Thornton behauptet, er wisse von nichts.«

»Wie bitte?«, entfuhr es Logan. »Der Typ hat mich doch gezwungen, nach der Kugel zu tauchen!«

»Auch das bestreitet er«, sagte Malone. »Er behauptet stattdessen, du hättest ihn darum gebeten, mit ihm rauszufahren. Und er hätte dir den Gefallen nur deshalb getan, weil er sich wegen der Sache mit Sarah schuldig fühlte. Deine Mum kennt Thornton wohl von früher und ist ein bisschen in ihn verknallt. Er wollte ihr schonend beibringen, dass er nicht an ihr interessiert ist.«

»Das stimmt«, bestätigte Logan. »Aber er hat es nicht getan.«

»Weil sich noch nicht der richtige Moment ergeben hat«, fuhr der Sheriff fort. »Deshalb wärst du sauer auf ihn gewesen, und um dich zu beschwichtigen, ist Thornton mit dir rausgefahren, obwohl er gar nicht wusste, was du ihm zeigen wolltest. Als du dann zum Wrack tauchen wolltest, hätte er versucht, dich zurückzuhalten. Aber du wärst trotzdem ins Wasser gesprungen.«

»Das ist eine Lüge!«, rief Logan empört aus. »Das ist total verdreht!«

»Und die Kugel?«, fragte Charlotte.

»Thornton behauptet, die hättet ihr euch bloß ausgedacht, um ihn anzuschwärzen. Weil Logan sauer auf ihn ist, wegen der Sache mit Sarah.«

»Aber ich habe die Kugel auch gesehen«, stellte Charlotte klar.

»Und du bist die beste Freundin von Logan«, erwiderte Malone. »Ist doch klar, dass du zu ihm hältst.«

»Er lügt«, beharrte Logan.

»Und ich glaube euch«, versuchte der Sheriff, die beiden zu beruhigen. »Aber wenn Thornton angeklagt werden soll, brauchen wir Beweise. Und die haben wir nicht.«

»Die Kugel«, sagte Charlotte.

»Hat der Hai gefressen.«

»Thornton hat auf Logan geschossen.«

»Er behauptet, er hätte auf einen Pelikan geschossen, der sich auf dem Boot niedergelassen hatte. Das ist zwar nicht erlaubt, aber etwas ganz anderes als ein Mordversuch.«

Logan konnte kaum noch an sich halten. »Soll das etwa heißen, wir haben nichts gegen David Thornton in der Hand?«

»Sieht leider so aus«, seufzte Sheriff Malone. »Und wenn sich das nicht ändert, muss ich ihn laufen lassen. So verlangt es das Gesetz.«

Logan drehte den Kopf zum Fenster der Kajüte, durch das Thornton ihn ansah. Um die Lippen des Haiforschers spielte ein hämisches Grinsen.

*

Kurz darauf legte das Boot der Küstenwache im Hafen an, wo bereits Sarah und Basil warteten. Nachdem Logan seiner Mutter versichert hatte, dass er und Charlotte wohlauf und mit dem Schrecken davongekommen waren, wollte Sarah wissen, was geschehen war.

»So ein Lump«, schimpfte sie, nachdem ihr Sohn ihr einen kurzen Bericht gegeben hatte. »Und in den hatte ich mich verguckt!«

Im selben Augenblick wurde Thornton von zwei Polizisten von Bord geführt. Ein Mann im Anzug wartete bereits auf ihn.

»Wer ist das denn?«, fragte Logan.

»Thorntons Anwalt«, sagte Malone. »Er hat ihn sofort, nachdem wir ihn festgenommen hatten, angerufen. Der besitzt hier in Miami ein Wochenendhaus und ist gleich vorbeigekommen.«

»Die beiden scheinen sich ja prächtig zu verstehen«, knurrte Charlotte und warf den lachenden Männern einen bösen Blick zu. »Kommt Thornton jetzt etwa frei?«

Malone schüttelte den Kopf. »Nein, wir nehmen ihn mit. Ein paar Stunden kann ich ihn festhalten. Aber wenn bis morgen keine Beweise vorliegen, muss ich ihn laufen lassen.«

Charlottes Handy klingelte. Es war Candle.

»Geht's dir besser, meine Süße?«, fragte sie besorgt.

»Ja, alles wieder in Ordnung«, erwiderte Charlotte und berichtete ihrer Adoptivmutter, was geschehen war.

»Das ist ja furchtbar!«, rief Candle aus. »Und es geht dir und Logan wirklich gut?«

»Ja, das tut es, Mum«, sagte Charlotte und merkte, erst

nachdem sie es ausgesprochen hatte, dass sie ihre Adoptivmutter *Mum* genannt hatte. Ein gutes Gefühl.

»Und wo ist Jack?«, fragte Candle.

»Der sollte doch in Devils Horn bleiben«, erwiderte Charlotte.

»Aber hier ist er nicht«, sagte Candle. »Und eine Nachricht hat er auch nicht hinterlassen.« Ihre Stimme verriet Besorgnis. »Außerdem hat ein Nachbar erzählt, ein Armeefahrzeug mit zwei Soldaten wäre hier gewesen. Weißt du etwas darüber? Hat das auch was mit Thornton und seinen Machenschaften zu tun?«

Charlotte stockte der Atem. Im selben Augenblick bog der Jeep um die Ecke und hielt direkt auf sie zu. Auf der Rückbank saß: Jack.

»Was hat das zu bedeuten?«, wunderte sich Malone.

Aber bevor Logan und Charlotte etwas erklären konnten, hielt der Wagen und die beiden Soldaten nebst Jack stiegen aus.

»Sheriff Malone?«, fragte einer der Uniformierten.

»Und wer sind Sie?«

»Major Woodworth. Navy Seals. Special Command.«

»Navy Seals?«, flüsterte Logan Charlotte zu. »Also sind die doch von der Armee?«

»Was geht hier vor?«, fragte Malone misstrauisch.

»Doktor Thornton steht in Verdacht, militärisches Eigentum gestohlen zu haben«, sagte der Major.

»Meinen Sie etwa die schwarze Kugel?«, mischte sich Logan ein.

Woodworth nickte. »Wir hatten die Oceanic Society um einen Berater für ein Projekt gebeten und sie haben uns

Doktor Thornton geschickt. An seinem letzten Tag hat er die Kugel gestohlen. Weißt du, wo sie ist?«

»Ein Hai hat sie gefressen«, sagte Charlotte.

Der Major hob die Augenbrauen.

»Es war die einzige Möglichkeit, uns vor ihm zu schützen«, bestätigte Logan.

»Dann ist ja wohl der einzige Beweis futsch, der meinen Mandanten hätte belasten können«, mischte sich Thorntons Anwalt ein. Ein echt schmieriger Typ. »Deshalb wird bestimmt niemand was dagegen haben, wenn ich Doktor Thornton jetzt mitnehme.«

»Er bleibt hier«, sagte der Major mit klarer Stimme. »Es existiert nämlich ein Videobeweis, der Doktor Thornton und die gestohlene Kugel zeigt.«

»Videobeweis?« Der Anwalt wurde unruhig. Jack grinste.

»Eine Drohne hat Ihren Mandanten gefilmt, wie er die Kugel in der Hand hält«, erklärte der Major. »Kurz bevor er die *Sea Wolf* versenkte.«

»Das haben Sie auf Video?«, fragte Malone ungläubig.

Der Major nickte. »Wir haben den Besitzer der Drohne ausfindig gemacht, der Doktor Thornton gefilmt hat. Sein Gesicht ist eindeutig zu erkennen.«

»Wie denn, wenn es nachts war?«, rief Thornton außer sich.

»Von nachts habe ich gar nichts gesagt«, erwiderte der Major ruhig – und Thornton erkannte seinen Fehler. »Abgesehen davon besaß die Drohne eine Lampe, sie hat Doktor Thornton ins Gesicht geleuchtet. Es gibt keinen Zweifel, dass er es ist.« Woodworth nickte seinem Kollegen zu, der Thornton festnahm.

»Einen Augenblick!«, rief der Anwalt aus. »Ich will das Video sehen. Und Sie dürfen meinen Mandanten nicht länger als vierundzwanzig Stunden ...«

»Das ist jetzt keine Sache der Polizei mehr«, unterbrach ihn der Major. »Sondern der Armee. Und da gelten andere Regeln.« Er drehte sich zu seinem Kollegen. »Abführen!«

Kurz darauf fuhr der Jeep mit Thornton und den Navy Seals davon.

»Das wird ein Nachspiel haben«, zischte der Anwalt Jack, Logan und Charlotte zu.

»Vorsichtig«, mahnte Sheriff Malone. »Wenn Sie ehrenhafte Bürger von Florida bedrohen, lasse ich Sie festnehmen, verstanden?«

Der Anwalt funkelte Malone böse an. Dann drehte er sich um und stapfte davon.

»Ehrenhafte Bürger?«, fragte Logan erleichtert.

»Das seid ihr doch«, bestätigte Malone lächelnd. »Ich jedenfalls kann mir niemanden vorstellen, der ehrenhafter wäre als ihr drei Nachwuchs-Cops ... oh, nein!« Das Gesicht des Sheriffs nahm einen gequälten Ausdruck an. »Was will der denn hier?«

Ein Mann auf einem Fahrrad kam angeradelt. Es war Mr Wilson.

»Haben Sie den Kerl geschnappt?«, rief er und stieg vom Rad.

»Welchen Kerl?«, fragte Malone.

»Der den Jungen auf dem Boot bedroht hat.« Wilson kam zu ihnen und zeigte auf Logan. »Das warst du, oder?«

»Woher wissen Sie das?«, fragte Logan überrascht.

»Weil ich's beobachtet habe«, sagte Mr Wilson. »Über

die Kamera an meiner neuen Drohne. Mit der bin ich die Küste abgeflogen. Und als ich gesehen habe, wie du von diesem Kerl bedroht wurdest, habe ich die Polizei verständigt.«

»Sie waren das?«, fragte Malone erstaunt.

Wilson nickte. »Und es war auch meine Drohne, mit der ich vor ein paar Tagen nachts vor Virginia Key geflogen bin und dabei denselben Typen gefilmt habe, wie er ohne Positionslichter die Küste entlanggetuckert ist. Das hatte ich Depp total vergessen, als ich mit den Kids die Aufnahme der Leuchtturm-Webcam gecheckt habe. Da hielt ich die bunten Lichter doch glatt für ein Ufo. Dabei war's meine eigene Drohne.« Er schüttelte den Kopf. »Ich habe die Aufnahmen vorhin der Navy übergeben.«

»Ich dachte, Sie trauen den Behörden nicht«, sagte Charlotte.

»Tue ich auch nicht«, gab Mr Wilson zurück. »Normalerweise. Aber der Typ hatte meine Drohne vom Himmel geholt, und als die beiden Navy-Jungs meinten, sie könnten ihn drankriegen, wenn sie einen Beweis hätten, habe ich ihnen die Aufnahme überlassen. Kurz danach habe ich dann meine neue Drohne gestartet – und habe die Polizei alarmiert, als der Typ auf seinem Boot rumgeballert hat.«

»Damit haben Sie uns das Leben gerettet«, sagte Logan.

»Echt?« Mr Wilson grinste.

»Ich muss zugeben, dass ich Sie für einen Wirrkopf gehalten habe«, sagte Sheriff Malone. »Aber ohne Ihre Hilfe hätten wir David Thornton nicht überführen können. Dafür danke ich Ihnen.« Er streckte seine Hand aus.

Wilson zögerte. »Nur mal so gefragt: Wenn sich Außerirdische unter die Bevölkerung mischen, würden Sie das leugnen?«

»Wenn sich Aliens bei uns breitmachen, sind Sie der Erste, den ich darüber informiere«, versprach Sheriff Malone. »Darauf gebe ich Ihnen mein Ehrenwort.«

»Klingt gut«, sagte Mr Wilson und schlug ein.

26

Abends lud Sarah alle zum Essen nach *Wild Claws* ein, auch Sheriff Malone kam. Zur Feier des Tages gab es Braten.

»Hmmmm, der schmeckt ja super«, schwärmte Basil. »Ich wusste gar nicht, dass du so toll kochen kannst.«

»Pass bloß auf, Sarah«, lachte Tramp. »Gleich macht er dir einen Heiratsantrag.«

»Vergiss es«, sagte Logan. »Meine Mum ist schon vergeben. Und zwar an mich.«

Alle lachten.

»Okay, aber jetzt noch mal ganz genau«, bat Mr Matthews. »Wie ist das gewesen mit David Thornton?«

»Ich weiß, wie alles angefangen hat«, sagte Sheriff Malone. »Major Woodworth hat mich vorhin angerufen und mir erzählt, dass sie Thornton als Berater engagiert hatten. Die Navy experimentiert mit ultrahochfrequenten Signalen, um feindliche U-Boot-Signale zu stören. Durch Zufall fanden sie heraus, dass ein bestimmter Ton Haie anlockt. Thornton sollte das genauer untersuchen, was er auch tat. Was aber niemand wusste: Thornton ist ein Spieler und hat horrende Schulden. Deshalb kam er auf die Idee, seine finanziellen Probleme zu lösen, indem er entweder die Kugel oder die Technik darin verkauft. An seinem letzten Tag als Berater stahl er die Kugel und bat Professor Lancaster um Urlaub. Thornton bot an, dabei gleich die *Sea Wolf* abzuholen, die die Oceanic Society kurz zuvor von Alex Kowalski gekauft hatte. In Wirklichkeit wollte Thornton die Jacht nutzen, um die Kugel heimlich wegzuschaffen. Auf Höhe des alten Leuchtturms hörte er über ein Militär-Funkgerät, das er ebenfalls der Navy gestohlen hatte, dass die Armee ihm auf der Spur war. Er vernahm ein merkwürdiges Geräusch und glaubte, er wäre entdeckt worden.«

»Deshalb wollte Thornton das Boot versenken und die Kugel später holen«, nahm Jack den Faden auf. »Er öffnete die Lenzklappe, denn das war der sicherste Weg, das Boot untergehen zu lassen. Dabei filmte ihn die Drohne – denn sie verursachte das Geräusch, das Thornton gehört hatte. Dasselbe Geräusch hatte kurz zuvor auch Albert Lee aus dem Schlaf gerissen, als die Drohne an seinem Leuchtturm vorbei Richtung Meer geflogen ist.«

»Mr Lee trat auf die Plattform seines Leuchtturms«, fuhr Logan fort. »Währenddessen versuchte Thornton, die Drohne zu schnappen, schlug nach ihr, verlor das Gleichgewicht und ging über Bord. Die Drohne krachte auf das Deck, Thornton klatschte ins Wasser. Für Albert Lee sah es so aus, als würde ein Licht am Himmel tanzen und Kamohoaliis Bote ins Meer stürzen. Dabei war es in Wahrheit Thornton.«

»Beim Absturz der Drohne brach der Kameraschutz ab«, berichtete Charlotte weiter. »Und Thornton hatte ein ernstes Problem: Er wurde nicht nur von der Navy gesucht, sondern hatte zudem auch noch seine Beute verloren. Außerdem wusste er nicht, wo die *Sea Wolf* lag – er konnte sich nur die ungefähre Lage ausrechnen. Deshalb wollte er das Wrack entlang der wahrscheinlichen Route suchen und mietete dafür in Miami Beach ein Boot. Irgendwann fiel ihm dann ein Jeep mit den Navy Seals auf, deshalb wechselte er die Unterkunft und nistete sich in *Wild Claws* ein – für Thornton das ideale Versteck. Dass wir die *Sea Wolf* entdeckten, war reiner Zufall.«

»Der Haizahn, den ich auf dem Wrack gefunden und später im Gästehaus verloren habe, gehörte Thornton«, fuhr Logan fort. »Deshalb vermutete er, dass wir wussten, wo sein Boot lag.«

»Aber als er tauchte, um die Kugel zu holen, wurde er von einem Hai attackiert«, sagte Jack. »Beim Sinken des Boots war die Kugel nämlich aktiviert worden. Ihr Signal lockte die Haie an und machte die Bergung zu einer gefährlichen Angelegenheit.«

»Thornton hörte von meinem Survival-Woofer«, nahm Logan den Faden auf. »Damit wurde es möglich, die Kugel zu bergen. Und er hatte auch einen Dummen, der für ihn zum Wrack tauchen würde: mich.«

»David Thornton ist ein skrupelloser Verbrecher«, schimpfte Candle. »Er hat das Leben von Kindern aufs Spiel gesetzt!«

»Nur um seine Spielschulden bezahlen zu können«, ergänzte Bob Matthews. »Was sagt uns das?«

»Man sollte niemals Kinder kriegen!«, rief Basil kämpferisch aus.

Alle starrten ihn an.

»Äh, hab ich was Falsches gesagt?«

Und dann mussten sie lachen. Lange und laut.

Später zogen sich Jack, Logan und Charlotte auf die Terrasse der Matthews zurück.

»Sorry, dass ich dich angemotzt habe«, sagte Jack zu Charlotte.

»Sorry, dass ich dich angelogen habe«, erwiderte sie.

»Also hattest du gar keine Migräne?«

»Nein, die habe ich nur vorgeschoben, um meine Ruhe zu haben.«

»Ruhe wofür?«

Charlotte schwieg.

»Du hast unser Gespräch belauscht«, sagte Logan.

»Welches Gespräch?« Jack seufzte. »So langsam kapiere ich gar nichts mehr.«

»Nachdem wir uns gestern gestritten hatten, bin ich aus dem Fenster geklettert und zur Wildtierstation geschlichen«, erklärte Charlotte. »Dort habe ich das Gespräch zwischen Logan und Thornton belauscht.«

»Aber wieso?«, fragte Jack. »Wie bist du auf diese Idee gekommen?«

»Thorntons Augen«, sagte Charlotte. »Der Blick, als er sagte, er wäre vom Surfbrett gefallen – ich kenne ihn, der Ex meiner Mum setzte ihn auch immer auf, wenn er die Unwahrheit sagte.«

»Du wusstest, dass Thornton log?«, fragte Logan.

»Ich habe es vermutet«, erwiderte Charlotte. »Deshalb beschloss ich, ihn auszuspionieren. So habe ich euer Gespräch mit angehört.«

»Und wieso hast du mir nichts davon gesagt?«, fragte Jack.

»Ich hatte nichts in der Hand, außer Vermutungen«, verteidigte sich Charlotte. »Die halbe Nacht habe ich mir Gedanken darüber gemacht, was ich tun soll. Was, wenn Thornton doch die Wahrheit sagte? Dann hätte ich euer beider Vertrauen missbraucht und wäre nicht überrascht gewesen, wenn ihr mir die Freundschaft gekündigt hättet. Aber was, wenn Thornton log, aus welchem Grund auch immer – was hatte er dann vor? Und wieso wollte er Logan dabeihaben?«

»Also bist du uns gefolgt?«, fragte Logan.

»Ich bin vorausgefahren«, sagte Charlotte. »Mit dem Shuttle-Bus. Einen halben Kilometer vor Devils Horn habe ich ihn abgepasst, als er auf der Rückfahrt Richtung Homestead war. Von dort bin ich weiter nach Miami gefahren. Da habe ich dann gewartet.«

»Am Strand?«

»Im Meer, etwa hundert Meter vom Wrack entfernt. Als das Boot mit Thornton und Logan kam, bin ich untergetaucht, habe gewartet, bis es anhielt, und bin dann zu ihm getaucht. Ganz nah am Bug habe ich den Kopf aus dem Wasser gestreckt und zugehört, was Thornton zu Logan gesagt hat.«

»Du bist in haiverseuchtem Wasser geschwommen?«, fragte Jack. »Obwohl du Schiss vor Haien hast?«

»Das ist vorbei«, gab Charlotte gelassen zurück. »Ich habe meine Angst überwunden.«

»Und wieso hast du nicht die Polizei gerufen, als du hörtest, was Thornton von mir wollte?«, fragte Logan.

»Das hatte ich vor«, erwiderte Charlotte. »Aber dann schoss der Kerl auf dich. Und gleich darauf bist du ins Wasser gesprungen. Bis ich zurück am Strand gewesen wäre und die Polizei alarmiert hätte, wärst du längst gefressen worden. Denn es war ja klar, dass Thornton dich nicht lebend zurücklassen konnte.«

»Also bist du zum Wrack getaucht.« Logan atmete tief durch. »Wenn du das nicht getan hättest, wäre ich jetzt tot.«

»Trotzdem begreife ich nicht, wieso du uns nicht früher informiert hast«, sagte Jack.

»Ich wollte unsere Freundschaft nicht aufs Spiel setzen«, sagte Charlotte. »Und nicht riskieren, meine neue Familie zu verlieren.«

»Das verstehe ich«, sagte Jack. »Trotzdem dürfen wir so etwas nie wieder tun. Die Sache wäre um ein Haar schiefgegangen. Ein solches Risiko dürfen wir nicht noch einmal eingehen. Okay?«

»Okay«, sagte Logan. Auch Charlotte nickte.

»Hand drauf«, sagte Jack und streckte seine Rechte nach vorne. Logan und Charlotte legten ihre darüber.

»Sprichst du jetzt 'n Schwur oder so?«, fragte Logan.

Ein Schatten huschte heran.

»Sam!«, rief Charlotte aus.

Der Waschbär rannte zu ihnen und schnupperte an den übereinanderliegenden Händen.

»Willst du mitschwören?«, fragte Charlotte grinsend.

Der Waschbär gab einen hellen quiekenden Ton von sich und legte dann seine Vorderpfoten auf den Händeberg.

Die drei Freunde lachten.

Max Held

Wild Claws

Im Auge der Python

Dass morgens ein Alligator im Swimmingpool schwimmt, das kann in Homestead/Florida schon mal vorkommen. Aber wenn eine Horde Wildschweine eine Tierstation angreift und eine Python von riesigem Ausmaß die Sümpfe der Everglades unsicher macht, dann stimmt etwas nicht. Die Freunde Jack und Logan von der Wildtierstation Wild Claws glauben nicht, dass dieses Verhalten sich mit zu viel Hitze erklären lässt. Erst recht nicht, seit dieser mysteriöse Forscher aus Miami aufgetaucht ist und in den Sümpfen sein Lager aufgeschlagen hat …

Arena

Auch als E-Book erhältlich

176 Seiten • Gebunden
ISBN 978-3-401-60453-4
www.arena-verlag.de

Max Held

Wild Claws

Der Biss des Alligators

Jack und Logan von der Wildtierstation Wild Claws machen eine schreckliche Entdeckung: Ein Alligator im Sumpf wurde getötet und aufgeschlitzt. Wer tut so etwas und sind auch andere Tiere in Gefahr? Mit ihrer Freundin Charlotte machen sich die zwei auf Spurensuche und geraten dabei gefährlichen Tierschmugglern in die Quere. Oder sind die Verbrecher hinter etwas ganz anderem her? Eine spannende Jagd durch die Sümpfe Floridas beginnt!

Arena

Auch als E-Book erhältlich

176 Seiten • Gebunden
ISBN 978-3-401-60454-1
www.arena-verlag.de

Greg James / Chris Smith

Kid Normal

So sehen Helden aus!

Murph hat ein großes Problem. Er ist ganz normal! Leider hat seine Mutter ihn aus Versehen an einer Schule für Superhelden angemeldet. Oder so was in der Art. Seine Mitschüler haben die schrottigsten Superkräfte, die man sich vorstellen kann: Nellie kann das Wetter kontrollieren, Billy sämtliche Körperteile aufpusten und Hilda beschwört Pferdchen herauf ... Doch dann bringt Bösewicht Nektar, halb Mensch, halb Wespe, alle Kinder der Schule unter seine Kontrolle ...

Die Schurken sind los!

Murphs Leben als Normalo-Superheld ist aufregend – und voller Fragen: Bekommt er jetzt ein Heldenkostüm? Einen Gürtel mit coolen Waffen? Oder zumindest einen Butler, der Ratschläge erteilt, wenn ihm das Heldendasein mal über den Kopf wächst? Inzwischen kennen Murph und die Supernullen die Antworten auf all diese Fragen. Sie lauten – in beliebiger Reihenfolge – nein, nein und nein. Als sich tief unter dem Gefängnis für abtrünnige Superhelden etwas Unheilvolles zusammenbraut, müssen die Supernullen ihre mehr oder weniger brauchbaren Kräfte vereinen ...

Band 1
320 Seiten • Gebunden
ISBN 978-3-401-60393-3
Beide Bände auch
als E-Book erhältlich

Arena

Band 2
320 Seiten • Gebunden
ISBN 978-3-401-60394-0
www.arena-verlag.de

Rüdiger Bertram

Voll super, Helden

Einer muss den Job ja machen

Comic-Experte Juli soll die Sommerferien bei seinem Onkel verbringen, dem ein Hotel an der Nordsee gehört. Sechs Wochen Luxus pur – hört sich cool an, klar. Doch es kommt noch besser: Juli stellt nämlich fest, dass die Gäste, die dort schlaff am Hotel-Pool seines Onkels rumhängen, den Superhelden aus seinem Comics erstaunlich ähnlich sehen …

Was tun wir hier eigentlich?

Juhu, endlich Ferien – Juli kann es kaum erwarten mit seiner Cousine Jenny wieder ins Superhelden-Hotel ihres Onkels zu fahren. Der fiese Snakeman hat eine Armee mutierter Riesenkaninchen erschaffen, die mit ihren unterirdischen Gängen eine Großstadt nach der anderen zum Einsturz bringen. Und da die echten Superhelden weiterhin schlaff am Pool liegen und Bruce spontan eine Alien-Invasion abwehren muss, müssen Juli und Jenny eben wieder ran!

Band 1
144 Seiten • Gebunden
ISBN 978-3-401-60466-4
Beide Bände auch als E-Book und
Hörbuch bei audiolino erhältlich

Arena

Band 2
160 Seiten • Gebunden
ISBN 978-3-401-60467-1
www.arena-verlag.de